[意] 埃莱娜·费兰特 著
陈英 译

ELENA FERRANTE
L'AMORE MOLESTO
烦人的爱

埃莱娜·费兰特作品系列

人民文学出版社

著作权合同登记号　图字 01-2022-4069

L'AMORE MOLESTO

图书在版编目(CIP)数据

烦人的爱/(意) 埃莱娜・费兰特著;陈英译. —
北京: 人民文学出版社, 2022(2023.4 重印)
(埃莱娜・费兰特作品系列)
ISBN 978 - 7 - 02 - 017478 - 2

Ⅰ. ①烦…　Ⅱ. ①埃…　②陈…　Ⅲ. ①长篇小说-意
大利-现代　Ⅳ. ①I546.45

中国版本图书馆 CIP 数据核字(2022)第 169369 号

责任编辑　**朱卫净　潘爱娟　邰莉莉**
封面设计　**ablackcat.io**

出版发行　**人民文学出版社**
社　　址　**北京市朝内大街 166 号**
邮　　编　**100705**

印　　刷　**凸版艺彩(东莞)印刷有限公司**
经　　销　**全国新华书店等**

字　　数　**104 千字**
开　　本　**889 毫米×1194 毫米　1/32**
印　　张　**5.5**
版　　次　**2022 年 9 月北京第 1 版**
印　　次　**2023 年 4 月第 2 次印刷**

书　　号　**978-7-02-017478-2**
定　　价　**45.00 元**

1

五月二十日，我生日的那天夜里，我母亲淹死在距离明图尔诺镇几公里一个叫“破风”的地方。上个世纪五十年代末，我父亲还和我们生活在一起，我们夏天会去那里度假，租一间农民的房子，五个人睡在一间闷热的小房子里，整个七月都在海边度过。每天早上，我们姐妹仨喝了生鸡蛋，穿过一条泥沙小路，抄近道去海边游泳，小路两边是高高的芦苇。我母亲淹死的那天晚上，那所房子的女主人——罗莎，现在已经七十多岁了，她听到了敲门声，但没开门，怕是入室抢劫的坏人。

母亲是在我生日的两天前，就坐上了去罗马的火车，但到了五月二十一日，她还没有到。那段时间，她每月至少要来罗马一次，在我那里住几天。听到她在家里走来走去，我并不高兴。她按照自己的生活习惯在黎明起床，把厨房和客厅从上到下擦一遍。我想再睡一会儿，却再也睡不着了：身体在被子里变得僵硬，很不自在。她在外面忙碌，这会让我感觉自己像个长着皱纹的孩子。她端着咖啡进来，我会蜷缩在床角，防止她坐在床边时碰到我。她很爱跟人搭讪，这让我很恼火：出去买东西，她与那些店主混得很熟，而十年来，我与他们的交流却不超过两句话。她与一些偶然认识的人在城里散步；她和我的朋友成为朋友，向他们讲述她的生活，总是同样的故事。在她面前我只能克制自己，从来不说实话。

只要我露出一丝不耐烦，她就会马上回那不勒斯去。她收拾好东西，最后整理一下房间，承诺她很快就会回来。她把家里的一切按照自己的喜好摆放好，她离开之后，我在房间里走来走去，按照我喜欢的样子，把东西又重新摆放好。我把盐罐放在多年来它一直待着的地方，把洗涤剂放回了对我来说顺手的地方。我打乱了抽屉里她整理好的东西，让书房恢复到了混乱状态。她在房间里留下的气味——那是一种让人不安的香气，像夏日里阵雨的味道，也会在一段时间后消失。

她经常赶不上火车，通常会坐下一班火车，甚至第二天到达，但我一直都无法习惯这一点，总是很担心。我在焦虑中给她打电话，当我终于听到她的声音，会很严厉地斥责她：为什么没按时出发，为什么没通知我？她心平气和地为自己辩解，还用开玩笑的语气问我，像她这个年纪的女人，会出什么事？“什么都可能发生。”我回答说。我一直想象，暗中埋伏的陷阱，会让她从这个世界上消失。小时候，她不在家时，我经常在厨房里，在窗户玻璃后面等她，我渴望她像水晶球里的人物一样，重新出现在街上。我对着已经起雾的玻璃窗呼吸，不想看到没有她的街道。如果她一直不回家，我的焦虑会变得无法控制，让我浑身颤抖。这时我会躲到一间没有窗户、没有电灯的储藏室。那小房间就在她和我父亲的卧室旁边，我会关上门，在黑暗中默默哭泣。小房间是一种有效的解药，待在里面，我内心的恐惧可以缓解焦虑。我总是对我母亲的命运感到焦虑。在一片漆黑中，DDT 的气味让人窒息，一些彩色图像浮现在我眼前，在我的瞳孔中停留了几秒，让我无法呼吸。“等你回来，我一定要杀了你。”我想，就好像是她把我关在那个小房间里了。但最后我听到走廊里传来她的声音，就会很快溜出去，若无其事在她身边转悠。当我发现，她那天从那不勒斯正常出发了，却一直都没抵达罗马，我想起了那个储藏室。

晚上，我接到了第一个电话。我母亲用平静的语气说，她什么也不能告诉我，她身边有个男人不让她说话，说完她笑了起来，挂断了电话。那一刻我感到万分惊异，我以为她是在开玩笑，就默默等着她再打电话来。事实上，接下来的几个小时，我都在猜想中度过。我坐在电话旁，但电话一直都没再响起。直到半夜过后，我才向一位警察朋友求助。他非常热心，让我不要担心，他会想办法的。但过去了整整一夜，没有我母亲的任何消息。可以肯定的是：她出发了。德利索寡妇是我母亲的邻居，她与我母亲年龄相仿，也是一个人住，近十五年，她们的关系时好时坏。她在电话里说，是她陪我母亲去的火车站，我母亲排队买票时，她去买了杂志和矿泉水。火车上人特别多，但我母亲还是找到了一个靠窗的位子，那节车厢里全是休假的军人。她们俩相互告别时，都叮嘱对方小心。她当时穿的什么衣服？还是往常那身：蓝色的外套和裙子、一双带点儿跟的旧鞋。她还带了一个黑色皮包、一个破旧的行李箱。

早上七点钟，我母亲又打电话来了。我一口气问了很多问题（你在哪里？你从哪里打的电话？和谁在一起？），她得意洋洋地用方言大声说了一堆不堪入耳的话，很快挂断了电话。那些污言秽语让我内心凌乱，也有些退缩。我再次给我朋友打电话，用夹杂着意大利语的方言跟他说话，这让他有些惊异。他想知道，我母亲最近是否有抑郁症状，我没有理会他的问题。我承认，她不像以前那样情绪稳定，一本正经却能逗人开心。她会无缘无故笑起来，话很多，但人老了很容易这样。就连我朋友也承认：天一热，那些老人经常会做些奇怪的事，这很正常，没必要担心。而我还是没法放下心来，我在城里到处找她，尤其是在她喜欢散步的地方。

我母亲第三个电话是晚上十点多打来的，她含含糊糊地说，有个男人在跟踪她，要用毯子把她裹起来带走，让我去救她。我恳求她，让她告诉我她在哪里。她改变了语气，说我最好不要去。“你把门锁好，任何人来了，都不要开门。”她告诫我说。那个男人也会伤害我。她又说："你去睡觉吧。我要下海游泳了。"最后我再没听到任何声音。

第二天，两个男孩看到她的尸体漂浮在离岸边几米的地方，身上只穿了胸罩。行李箱没有找到，也没找到那套蓝色的衣服，也没找到她的内裤、丝袜、鞋子，以及装有身份证的钱包。她手指上还戴着订婚戒指和结婚戒指，耳朵上戴着我父亲半个世纪前送给她的耳环。

我看到了她的身体。在那具发青的身体面前，我觉得我应该紧紧抱住她，以免和她走散。她没有被侵犯，身上有几处淤青，这是因为一整夜，海浪把她推到几块浮出海面的礁石上。我看到她眼睛周围有化妆的痕迹，她的妆一定很浓。我看着她橄榄色的腿，感到有些不安，作为一位六十三岁的女人，那双腿显得很年轻。更让我感到不安的是，我还注意到：她身上的胸罩与她通常穿的破旧内衣相差甚远，罩杯是由精细的蕾丝制成的，隐约可以看见乳头。两个罩杯之间的连接处，有三个刺绣的"V"字，这是那不勒斯一家高级女士内衣店——"沃氏姐妹"的商标。当警察把她的文胸、耳环、戒指一起归还给我时，我闻了很久，那件文胸有新布料刺鼻的气味。

2

在葬礼上，我惊异地发现我终于不用再为她担心了。这时我感到一股热流从身体里涌出，两腿之间顿时湿漉漉的。

我走在送葬队伍的最前面，后面是一长串亲戚、朋友、熟人。两个妹妹在我两边，紧紧拉着我的胳膊。我搀扶着一个妹妹，怕她会晕倒；另一个妹妹紧紧拉着我，好像她眼睛肿得看不见路了。我感觉身体不由自主地在消融，这让我很害怕，好像那是一种惩罚。我没能流下一滴眼泪：我没有眼泪，或者说不希望流泪。此外，我是唯一替我父亲开脱的人，他没有送花，也没来参加葬礼。两个妹妹毫不掩饰对我的不满，现在她们似乎都致力于表明：她们有足够的眼泪，可以替我和父亲流，我能感觉到她们对我的指责。有一段路，有个黑人男子肩上扛着几幅装在画框里的画，走在我们身边，最上面的那幅画（可以看见的那幅）粗糙地绘制了一个袒胸露乳的吉卜赛女人。我希望两个妹妹，还有那些亲戚不会注意到那是我父亲画的，也许在那一刻，他还在家里画这些毫无艺术价值的画。几十年来，那些吉卜赛女人画像已经烂大街了，充斥城里和乡下的集市。花不了几个钱，那些小资产阶级就能满足装饰客厅的需求，真是太恶俗了。讽刺的是：相聚与分离，新仇旧怨交织在一起，机缘巧合，在我母亲葬礼上出现的不是我父亲，而是他那些粗俗的画。我们几个女儿对这些画的厌恶远远超过对其作者的厌恶。

我对一切都感到厌倦，自从回到了这座城市，我就一刻也没有消停过。几天来，我陪着菲利波舅舅——我母亲的哥哥在各个部门办手续。要么就是通过那些中间人，要么就是自己在柜台前排长队，克服各种障碍，打通各种关节，让那些职员给我们办事。有时舅舅会亮出一边空荡荡的袖子，博取一些同情。舅舅失去右臂时已经不年轻了，他当时五十六岁，在郊区一家工厂的车床上工作。从那时起，他就利用自己的残疾来寻求别人的帮助，并诅咒拒绝他的人也会遭遇同样的不幸。那几天，我和舅舅一起办事，最重要的手续是我们通过塞钱获得的。我们很快就获得了所需文件，一些真真假假主管部门的许可，来举办一个体面的葬礼，最困难的是在墓地中获得一个位置。

在此期间，我母亲阿玛利娅的尸体被解剖，变得面目全非，也越来越沉重。她带着名字和姓氏、出生日期和死亡日期，经过那些工作人员之手，他们有的粗鲁，有的充满暗示。我感觉自己急迫地想摆脱她，然而我真是不够疲惫，还想去抬棺材。他们极力阻止我，说女人不能扛棺材。我再三坚持才得到了许可，事实证明这不是个好主意。由于和我一起抬棺材的人（一个表哥和两个妹夫）个子比我高，一路上，我一直担心棺木会和里面的尸体一起插入我的锁骨和脖子。我们把棺材放进车子，车子启动后，我只走了几步，就感到一阵带着愧疚的轻松感，那种紧张感化成了肚子里一股秘密的涌动。

在我无法控制的情况下，温热的液体从我体内流出，让我感觉是体内的陌生人一致发出的信号。送葬的队伍正向查理三世广场前进。我觉得，波旁济贫院①的淡黄色正面，似乎难以承受后面印奇斯城区的重量。我记忆里，这些地名像汽水一样不稳定，摇晃一下，就会变成泡沫溢出来。城市在热浪中好像要融化一样，四处尘土飞扬，光线有些灰暗。我在脑子里回顾了一下童年和青春期：我穿过兽医学校走向植物园，或穿过圣安东尼奥·阿巴特市场，那里的石头路总是湿乎乎的，上面全是腐烂的菜叶子。我感觉，我母亲把那些地方，甚至街道的名字都带走了。我盯着玻璃里我和两个妹妹的影子，我们站在

---

① 波旁济贫院（Albergo Reale dei Poveri，俗称 Reclusorio）位于那不勒斯，曾是一座公立救济院。它是由建筑师费迪南多·福加设计，始建于 1751 年。波旁济贫院高 5 层，长约 354 米。国王查理三世打算在此容纳穷人和病人，并提供自给自足的社区，让他们在此生活、学习和工作。规模巨大的建筑可同时容纳 5000 人，男女分别住在两翼。

花圈之间，就像在微光下拍摄的一张照片，对以后的记忆毫无用处。我的脚牢牢踩在广场的石板上，闻着装上车子的花的味道，它们送到时已经腐烂。有那么一刹那，我担心经血已经流到了脚踝，我试图摆脱两个妹妹，但那不可能。我不得不等到队伍在广场上拐弯，大家走上了唐博斯克路，最后在人群和车流中散开时才摆脱她们。那些爷爷奶奶、叔叔阿姨、表兄弟、堂姊妹都过来轮流拥抱我们：岁月改变了他们的模样，但他们都是我依稀认识的人，有些只在童年见过，有的也许从未见过。我记得最清楚的那几个人没出现，或者他们就在那里，只是我一下子没有认出来。我童年时记住的只是些细节：一只歪眼、一条跛脚或者黝黑的皮肤。还有几个我不知道名字的人把我拉到一边，提到我父亲往日对不起他们的地方。还有几个很亲切的年轻男人，我不认识他们，但他们很健谈，过来问候我，问我还好吗，过得怎么样，做什么工作。我回答说：我很好，一切都很好，我在画漫画，然后反问他们生活怎么样。有许多满脸皱纹的女人，她们脸色苍白，都是一身黑衣服，都在称赞阿玛利娅的美貌和善良。有几个人很用力地拥抱了我，流下了充沛的眼泪，以至于让我感到窒息，同时也有一种难以忍受的潮湿感。我感觉，他们的眼泪和汗水一直流到我的腹股沟、大腿上。我庆幸自己穿着深色衣服。我正准备离开时，菲利波舅舅又做出惊人之举。他七十多岁了，有时会犯糊涂，经常把过去和现在混淆在一起，一件小事情就可能会打破了本来就不太牢固的界限。他疯狂挥舞着他仅存的手臂，用方言高声叫骂起来了，让所有人都很惊讶。

“你们看到卡塞尔塔了吗？”他气喘吁吁地问我们姐妹几个。他重复了几次那个我们熟悉的名字，那是一个来自童年、充满危险的名字，让我感到一阵痛苦。他满脸通红地补充说：“简直太不要脸面了，他居然出现在阿玛利娅的葬礼上。如果你父亲在这里，一定会杀了他。”

我不想听到任何关于卡塞尔塔的事，因为这个男人身上聚集着我孩童时期的很多惶恐不安。我假装若无其事，想让舅舅平静下来，但他甚至没听到我的话。他很激动，用他唯一的胳膊摇晃我，似乎想安慰我，因为这个名字冒犯到我了。我有些粗暴地躲开了，向两个妹妹保证说，我会在下葬前赶到墓地。我回到广场上，很快找了一家咖啡馆，进去之后要求上厕所，然后钻到了咖啡馆后面。那是个臭烘烘的洗手间，里面有一个肮脏的马桶和发黄的洗手池。

这次经血流量很大，我感到恶心和轻微的晕眩。在半明半暗中，我看到了我母亲：她张着腿，解开一个安全别针，从两腿中间拉出一片沾了血的亚麻布。她毫不惊讶地转过身，平静地说：“出去，你在这里干什么？”我突然哭了起来，多年来，这是我第一次哭。我一边哭，一边用手有节奏地敲打着水槽，似乎要给流出的眼泪配上节拍。当我意识到这一点，我不再哭泣，用面巾纸尽可能擦干净身体，出去寻找一家药店。

就在那时，我第一次看到了他。我和他几乎迎面撞上，他问我：“我能帮您什么忙吗？”有几秒钟，我感觉他的衬衫面料贴着我的脸，我注意到一个蓝色笔帽从他上衣口袋里伸出来。我也注意到了他迟疑的语气、令人舒适的气味、脖子上的皮肤，浓密的白发梳理得很整齐。

“您知道哪里有药店吗？”我问，并没正眼看他。我当时正在快速躲开他，想要抹去那种接触。

“在加里波第大街上。”他回答我说。他消瘦的身体和我重新拉开了一点距离。他穿着白衬衫和深色外套，就像贴在波旁济贫院上面的人像，一动不动。我看到他脸色苍白，胡子刮得干干净净，目光中没有任何惊奇，没有任何让人厌烦的地方。我几乎是做了个嘴型，无声地感谢他，朝着他指的方向跑去。

他的声音追随着我，从彬彬有礼变成了不间断、越来越响的嘶嘶声，一连串的用方言说出的污言秽语向我涌来。那声音像一条柔和的小溪，里面混杂着精液、唾液、粪便、尿液，简直无孔不入，席卷了我、两个妹妹和我母亲。

这些侮辱无缘无故，让我觉得莫名其妙。我忽然转过身去，但那个男人已经不在那里了，也许他过了马路，消失在车流中，也许他转了个弯，向圣安东尼奥·阿巴特市场走去。我慢慢让心跳平息下来，让一种不愉快的杀人冲动消散开来。我进了药店，买了一包卫生棉条，回到了咖啡馆。

3

我乘坐出租车到达墓地，正好看到母亲的棺材放进灰色的石头墓穴里，然后填满土。在母亲下葬后，两个妹妹马上动身离开了，她们和丈夫孩子开着车子走了。她们迫不及待地想回家，好尽快忘记这件事。我们互相拥抱，并许诺很快会再见面，但我们知道，我们不会很快见面的，顶多会打几通电话。我们会日益疏远，打电话也不过是来衡量彼此的疏远程度。多年来，我们三姐妹都生活在不同的城市，都有各自的生活，都不喜欢自己的过去。我们总是难得一见，虽然还是有些话要说，但都宁可保持沉默。

最后只剩下我一个人了，我以为菲利波舅舅会邀请我去他家，但他没邀请我。前几天我在他家住着，那天早上我告诉他，我要去母亲家，拿几样我喜欢的东西留作纪念，我会终止房租、电力、煤气、电话合同。他可能认为邀请我也没有用，他没和我打招呼就走了，脚步蹒跚，驼着背，由于动脉硬化，还有突然涌起的旧怨，让他心态失衡，咒天骂地。

因此我被遗忘在街上，那些亲戚已经回到他们居住的郊区。几个粗鲁的掘墓人把我母亲埋葬在一片散发着蜡烛和烂花味道的土地下。我感到腰疼、胃痉挛，有些不情愿地下定决心离开了。我沿着植物园灼热的围墙，一直挣扎着走到加富尔广场，汽车尾气让空气变得污浊，方言的调子真让人觉得沉重，我不愿意去听。

那是我母亲的语言，我之前试图忘记这种语言，还有很多和她相关的事，但一切都是徒劳。当我和母亲在罗马家里时，或者我来那不勒斯——通常只待半天，和她很快见一面就离开了——她会很费力地和我说意大利语，而我为了迎合她，则会带着恼怒转向方言。那不是一种让人愉快、让人怀念的语言，那不像一种自然的语言，可以让人自如地说出来，而像一种发音别扭、陌生的外语。在我很生硬地说出的词语里，包含着阿玛利娅和我父亲、我父亲和她的亲戚，还有她和我父亲的亲戚之间激烈争吵的回声。这时我变得很不耐烦，很快就会恢复到意大利语，而她会一味说方言。现在她已经死了，我可以永远抹去这种方言，还有它所传达的记忆，因为听到它让我很焦虑。但那时我跟一个商贩说方言，买了一块鲜奶酪油炸比萨。那几天我几乎没怎么吃饭，我站在那里津津有味地吃了起来。

我在公园里转悠，周围是半死不活的夹竹桃，我打量着那里的老人。公园附近熙熙攘攘的人群，还有来来往往的车辆，我决定上楼去母亲的房子里。

阿玛利娅住在一栋用钢管加固的老房子里，房子在三楼。这座建筑位于老城中心，晚上基本没什么人，白天在那里活动的是换驾照、开具出生证或居住证的职员，通过电脑查询、预订或购买飞机、火车和船票的旅游公司员工，出售盗窃、火灾、死亡保险的保险公司职员，以及帮别人填写复杂纳税申报表的人。这里普通住户很少，二十多年前，阿玛利娅告诉我父亲，她想和他分开时，我们几个女儿坚决支持她的决定。我父亲把我们母女四人赶出了家门。正是在这里，我们幸运地找到了一套出租的小公寓。我从来没喜欢过这栋楼，它像监狱、法院或医院一样让我感到不安，而我母亲却很满意，觉得它很有气势。事实上它又丑又脏，首先是那扇大门，每次物业修锁时，都要让人把它撬开。那道门上布满灰尘，被汽车尾气熏得发黑，上面的黄铜装饰自二十世纪初以来就没人擦过。通往内院的门廊下，白天总有人站在那里：学生、等车的路人（离那里三米的地方有个车站），卖打火机、纸手帕、烤玉米或烤栗子的人，躲太阳或避雨的游客。还有形形色色的男人，会一直盯着两面商店橱窗看，不知道他们在那里等什么。通常，他们会盯着一位老摄影师拍摄的艺术照片来打发时间，那位摄影师的工作室就在这栋楼里。他们会看着那些穿着礼服的新娘新郎、笑容灿烂的姑娘，还有穿着制服、看起来勇敢无畏的小伙子。刚开始几年，有几天橱窗里还放着一张阿玛利娅的证件照。我要求摄影师把那张照片取下来，因为如果我父亲看到了，一定会大吵大闹，把橱窗给砸了。

我低着头穿过院子，爬上通往“B”楼梯玻璃门那几级台阶。门卫不在，我很高兴，我迅速进入电梯。那栋大楼里，唯一我喜欢的地方就是电梯。我不喜欢那些上升速度很快、按一下按钮就会快速下降的金属电梯，那会让我胃里一阵不舒服。我喜欢那些老式电梯，四壁是木质的、带着阿拉伯风格镶边的玻璃门，黄铜铸造的把手，电梯里面对面放着两条优雅的长椅，一面镜子，灯光灰暗；上上下下都会发出吱吱扭扭的声响，非常缓慢，让人平静。那间电梯里还有一台五十年代的投币机，肚子很大，半圆形的嘴对着天花板，准备吞下硬币，每到一楼就会发出一声金属叮咚的响声。投币机已经弃用很长时间了，只要按一下按钮，电梯就会启动，但那台投币机依然留在墙上，没人把它拆下来。它曾经破坏了那个空间的平静，现在它留在右面的墙上，虽然没有用处，但并不让我觉得多余。

我坐在长椅上，做了一件小时候需要冷静时经常做的事：我没按去三楼的按钮，而是坐电梯到了五楼。多年前有个律师曾在五楼办公，他离开时，连楼道的灯泡都带走了，这个地方就一直空荡荡、黑漆漆的。电梯停下来时，我深深吸了一口气，一直到腹部，然后慢慢地从喉咙吐出来。像往常一样，几秒钟后，电梯里的灯熄灭了。我想伸手去拉其中一扇门的把手：只需拉一下，灯就会重新亮起来。但我没动，继续在深呼吸，那里很安静，能听到蛀虫啃咬电梯木材的声音。

就在几个月前（五六个月前？），我回母亲这里，忽然心血来潮地对她说，我十几岁时经常躲避在电梯里，并把她带到了顶楼。也许我希望和她建立一种亲密关系，那是我们之间从来没有过的。也许我当时很迷乱，想让她知道，我一直都不快乐。但她似乎觉得这样很好笑：悬在空中，站在摇摇欲坠的电梯里。

“这么多年来，你有过男人吗？”我在电梯里直截了当地问她。我的意思是：离开我父亲后，她有没有过情人？这是一个很不寻常的问题，是我从小就想问的问题。她坐在离我几厘米远的木凳上，没表现出任何窘迫，连声音都没有一丝异样。她坚定而清晰地说：“没有。”没有任何迹象表明她在撒谎，因此毫无疑问：她在撒谎。

“你肯定有过情人。”我冷冷地说。

她素来很克制，但那次她的反应有些夸张。她把裙子拉起来，一直到腰部，露出松松垮垮、粉红色的高腰内裤。她哈哈笑了起来，说到了赘肉、松弛的腹部，诸如此类的话。她还重复着：“你摸摸这里。”并试图拉着我的手，让我摸她苍白肿胀的腹部。

我的手缩了回来，放在心脏上。我的心跳很快，想平息一下。她放下了裙摆，但腿还露在外面，在电梯的灯光下有些发黄。我很后悔把她带到我的藏身之所。最重要的是，我希望她能盖住自己的腿。“出去！”我说。她真的出去了，她从来不会对我说“不”。她一步跨过了敞开的电梯门，很快消失在黑暗中。我一个人待在电梯里，感到一种平静的快乐。我不加思索地关上了门，几秒钟后，电梯里的灯光熄灭了。

“黛莉亚。”我母亲小声叫了我的名字，但没有惊慌失措。在我面前她从不惊慌，在当时的情况下，出于一种老习惯，她不是在寻求安心，而是试图让我安心。

我在那里待了一会儿，品味着她呼唤我名字时的声音，那就像记忆里的回声，在脑子里回荡，是一种无法捕捉的声音。我觉得那像在遥远的记忆里，她在屋里找我，找不到时，呼唤我的声音。

现在我就站在电梯里，试图消除对那个回声的记忆。但我感觉，我并不是一个人在那里，有人在监视着我。那不是几个月前的阿玛利娅，她已经死了，而是“我”走到了电梯外面，看着自己坐在那里。发生这样的事情，让我痛恨自己，我看到自己默默站在一部破旧、黑漆漆的电梯里，电梯悬在空中，钢索疲惫地垂在下面。我就像藏在树枝上的鸟窝里，这让我有些羞愧。我把手伸向了门，摸索了一阵子才找到了把手，我打开门，带花纹的玻璃后面的黑暗消失了。

我一直都知道，我想到阿玛利娅时，有一条无法跨越的界限，也许我去那里，就是为了跨越它。我感到害怕，我按了去三楼的按钮，电梯摇晃了一下，发出很大的声响，吱吱扭扭地下行，最后停到我母亲住的那一层。

4

我向邻居德利索寡妇要了我母亲的钥匙。她把钥匙给了我，但坚决拒绝和我一起进屋。她肥胖而多疑，右脸颊上有一颗很大的痣，上面有两根长长的灰毛。她的头发分成两股，胡乱扎成两条辫子。她穿着黑色的衣服，也许那是日常穿的，也许她还穿着参加葬礼的衣服。她站在门口，看着我在试探，找那把能打开门的钥匙，但门并没锁好。一反往常的是：阿玛利娅只锁上了两道锁中的一道——钥匙只需转两圈的锁，她没锁上另一道锁，那是一道钥匙需要转五圈的保险锁。

“为什么呢？”我打开了门，问身边的邻居。

德利索寡妇犹豫了一下说：“她有些魂不守舍。”但她觉得，这样说可能有些不敬，就补充说：“她很高兴。”她又犹豫了一下。我看得出来，她本来很乐意说些我母亲的闲话，但害怕我母亲的鬼魂在楼梯间、公寓里，当然还怕在她的房子里徘徊。我再次邀请她进来，希望她能陪我说说话，但她打着哆嗦、红着眼睛坚决拒绝了。

“她为什么高兴?”我问。

她又犹豫了一下，下定了决心。

“一段时间以来，有位身材高大、很体面的先生经常来拜访她……”

我充满敌意地盯着她，决定不让她继续说下去。

“那是她哥哥。”我说。

德利索眯起眼睛，显然有些生气：她和我母亲是朋友，认识很长时间了。她跟菲利波舅舅也很熟悉：他既不高大，也不体面。

“她哥哥。”她假装同意我的话，一字一句地说。

“不是吗?”我问。她的语气让我有些烦。她冷冰冰地向我打了个招呼，关上了门。

进入刚刚去世的人的屋子，你很难相信它是空的。屋子里没有鬼魂，但确实保存着生命最后几天留下的痕迹。我先是听到厨房里传来急促的水声，有那么一刹那，现实和幻觉交替出现，我有些恍惚。我觉得我母亲没有死，她的死亡只是一场漫长、痛苦的幻觉。我不知道这种充满焦虑的想象是什么时候开始的。我确信她还活着，她在屋子里，站在水槽前一边洗着碗，一边自言自语。但百叶窗关着，公寓里一片漆黑，我打开灯，看到老式铜质水龙头开着，水哗哗流入空荡荡的水槽。

我关上了水龙头。我母亲属于坚决反对浪费的老一辈人，她从不扔掉干面包，奶酪皮也不扔，也会放在汤里煮，给汤提味。她几乎从不买肉，而是向屠夫要他们剔过的骨头来做汤，她吸食骨髓，就好像它们含有神奇的养分。她用水极节约，她的动作、耳朵、声音都形成了一种自然反应。她永远不会忘记关水龙头，我小时候如果没把水龙头关好，如果有一丝水流向水槽底部，就会留下一摊硬币大小的水痕，过不了一会儿，她就会朝我大喊："黛莉亚，水龙头！"她的语气里并没有责备。她生命最后几个小时不小心浪费的水，比她一辈子浪费的还要多，这让我感到很不安。我看到她脸朝下，漂浮在那里，悬浮在厨房中间，在蓝色瓷砖的背景中。

我很快去了另一个房间。我在卧室里走来走去，用塑料袋收集她一直保留着的几样东西：家里的相册、一只手镯、一件五十年代做的旧冬装，我很喜欢。其余的都是连收破烂的人都不会要的东西：几件又旧又丑的家具。她的床只有床架和床垫，没有靠背，床单和被子上有很多补丁，考虑到它们的年代，简直不值得去缝补。让我觉得惊异的是：她平时放内衣的抽屉是空的。我在放脏衣服的袋子里找，发现里面只有一件质量考究的男式衬衣。

我仔细看了看那件衬衣。那是一件浅蓝色衬衫，中号，应该是新近买的，属于一个年轻人或心态年轻的人。衣领很脏，但气味并不难闻：汗水混合着高档体香液的味道。这不像是菲利波舅舅通常穿的衣服。我仔细把它叠起来，和其他东西一起放进塑料袋。

我走进了浴室，那里没有牙刷和牙膏，她的天蓝色的旧浴袍挂在门上，厕纸已经快用完了。马桶旁边有一个快要满了的垃圾袋，但里面没有垃圾，而是装着旧衣服。就是那种穿了十几年、每根纤维都渗透着情绪、散发着老旧气味的破衣服。我开始把袋子里的东西掏出来，我带着一丝恶心，一件件拉出我母亲的所有内衣：白色和粉色的旧内裤，上面有许多补丁，旧松紧带从开线的布料下露出来，像两条隧道之间的铁轨；变形的旧胸罩；有破洞的背心；固定丝袜的松紧带，是四十年前用的那种，现在已经用不上了，可她一直保留着；状况糟糕的连裤袜；过时而且已经绝迹的衬裙，上面有褪色、发黄的花边。

阿玛利娅总是穿着破旧的衣服，一方面因为贫穷，另一方面是因为她习惯于隐藏自己。这是几十年前，为了平息我父亲的忌妒，她养成的习惯。她好像要把衣柜里的东西全丢弃了。我想起了她被打捞上来时，身上穿的唯一的东西：一件全新的精致胸罩，罩杯之间是三个“V”字。乳房包裹在半透明的蕾丝里，让我觉得更加不安。我让那些衣物散落在地板上，没有力气再去碰它们，我关上了洗手间门，靠在门上。

但无济于事，整个浴室好像跟着我出来了，又在眼前的走廊上浮现出来：阿玛利娅现在坐在马桶上，在我祛除体毛时，她仔细地看着我。我在脚踝上涂抹了一层热蜡，然后忍着痛，叫喊着把它从我的皮肤上剥掉。我在祛腿毛时，她告诉我，她还是个姑娘时，经常剪掉脚踝上的汗毛，但汗毛很快又会长出来，像铁丝一样硬。去海边游泳时，穿上游泳衣之前，她也会剪掉阴毛。

尽管她不愿意，但我还是强行让她用我的祛毛膏。我小心翼翼把祛毛膏涂在她的脚踝上，涂在她纤细结实的大腿内侧、腹股沟里。我无缘无故、蛮不讲理地指责她打补丁的裙子。我撕下了那层蜡，而她看着我做这些，眼皮都不眨一下。我的动作很粗暴，仿佛想让她经历痛苦的考验，而她一言不发任凭我折腾，仿佛已经接受了这个考验。但她的皮肤撑不住，先是变成鲜红，然后变成紫色，露出了断裂的毛细血管。“不要紧，”她说，“会好起来的。”而我对自己所做的一切感到后悔。

我现在更后悔了，我靠着浴室门，试图打起精神，凭借意志力再回到浴室。我先是离开了那道门，让她发青的双腿在走廊上消失，然后去厨房拿我的包。当我回到浴室，我从躺在地上的内裤中，仔细挑选了一条看起来不太破旧的内裤。我清洗了身体，换了卫生棉条。我把脏内裤留在地板上，混在阿玛利娅的内裤中。我经过镜子前，无意间露出一个微笑，想让自己平静下来。

我不知道自己在厨房窗户旁边待了多长时间，我听着巷子里的喧闹声、小摩托车的噪声、人行道上的脚步声。街道上有一股死水的味道，好像顺着钢管爬了上来。我精疲力竭，但我不想躺到阿玛利娅的床上，不想向菲利波舅舅求助，不想给我父亲打电话，也不愿意再去麻烦德利索寡妇。那些迷失的老人让我难过，他们脑子里依然保留着过去的自己，过去和当下混合在一起，他们有时很平和，有时又会反目，与过去的人和事斗争。我也很难置身事外，我很想厘清那些声音，还有发生的事情。我现在感觉到：阿玛利娅回来了，她想看我怎么涂抹面霜，怎么化妆卸妆。我带着怨恨想象着她秘密的晚年，她整天捯饬自己的身体。如果我父亲没从这些把戏中看到她取悦其他男人的欲望，看到她背叛的迹象，也许她年轻时就那么做了。

5

我最多睡了两个小时，没有做梦。当我睁开眼睛，房间里一片漆黑，从敞开的窗户透进路灯朦胧的光亮，照亮了一片天花板。阿玛利娅浮现在天花板上，像一只飞蛾。她很年轻，也许只有二十岁出头，身上穿着绿色的睡衣，肚子因为怀孕而鼓起来了。虽然她脸色很平静，但她正仰面躺着在挣扎，在痛苦的痉挛中扭动着身体。我闭上眼睛，让她有时间离开天花板，回归到死亡的状态。我再次睁开眼睛，看了看表，那时是凌晨两点十分。我又睡着了，但只睡了几分钟，脑子里涌现出各种场景，我在无意识的情况下，开始回顾我母亲的一生。

在半梦半醒之间，阿玛利娅是一个毛发浓密的女人。她油黑的头发，即使是在年老时，即使是泡了海水，变得有些干枯，也像豹子的皮毛一样闪闪发光。她的头发很厚实，一根挨着一根长在一起，风也吹不散。她的头发闻起来有洗衣皂的味道，不是通常上面印着牌子的干肥皂，而是液体肥皂，就是开在房子底层那家店铺里卖的棕色液体皂。我想起那个充满尘土的地方，鼻孔和喉咙里感到一阵瘙痒。

一个秃顶胖男人在卖那种肥皂，他用铲子铲取一些皂液，喘着粗气，让它流到一张厚厚的黄纸上，皂液上也渗透着汗水和 DDT 的气息。我拿着肥皂，气喘吁吁地跑回去交给阿玛利娅。我鼓着腮帮子吹那个纸包，想吹去地下室和那个肥胖男人的气味。我现在脸颊贴着我母亲睡过的枕头，我想，尽管时间已经过去了这么久，我还是会那样奔跑。我回家时，她已经把头发解开了，她的头发就像乌檀木一样油光发亮，用梳子梳理时，就像不断改变造型的雕塑。

阿玛利娅头发很长，很难彻底把头发散开，要洗头发，皂液总是不够。我感觉，她要用完地下室那家店铺的整罐皂液，一条白色的台阶通往那里，上面落满粉末，不知道是灰尘还是碱面。我怀疑有时母亲会躲过我的耳目，在征得店主同意的情况下，会直接把头发浸入那个装着皂液的桶里。她会慢慢转过身来，脸上湿漉漉的，水从屋里的水龙头流出来，落到她的脖子上，流过她黑色的睫毛和瞳孔。她像炭笔画出来的浓密眉毛，泡沫落在上面，呈现出灰色；水在她额头上画出一道弧线，变成一道道水珠和肥皂泡；水滴顺着鼻子滑向她的嘴，她用红色的舌头接住，好像在说：很甜美。

我不知道她怎么能同时出现在两个不同的地方：她穿着天蓝色的睡衣走进地下室，头发泡在肥皂桶里，衣服上的带子从她肩上耷拉下来，落在手臂上；同时她又在我们的厨房里，用水冲洗头发，水流在头发表层形成了一层膜。当然是我睁着眼睛做梦，我无数次这样想到她，无数次感到痛苦难堪。

那个卖肥皂的肥胖男人并不满足于袖手旁观。他在夏天会把皂液桶拖到外面，太阳在头顶暴晒，他光着背，额头上顶着一块白手绢。他用一根长棍子在桶里搅来搅去，满头大汗地卷起阿玛利娅油光发亮的头发。这时街道上有一辆压路机，推着灰色的大石碾慢慢向前移动，发出噼里啪啦的声音。开车的是个男人，个子不高，但肌肉发达，他也光着背，因为出汗，腋下的汗毛粘在一起。他穿着一条工装裤，没扣扣子，他稳坐在驾驶座上，腹部凹陷进去，让人有些害怕。他端坐在车上，看着阿玛利娅乌黑发亮的头发从倾斜的桶里滑落，在石头地面上蔓延，扬起一阵蒸汽，飘在空中。我母亲的头发就像沥青，在身体其他隐秘的地方，汗毛也很重。那些地方对我来说是禁止的：她不允许我碰她。她会让头发全部垂下来盖住脸，把后脖颈露出来，让太阳来晒干。

电话响起，她忽然抬起头，垂向地面的湿漉漉的头发飞向空中，几乎挨着了天花板，又落在了她肩膀上，“啪”的一声。我彻底惊醒了，我打开了灯，不记得电话放在哪里，但它一直在响。我在走廊里找到了电话，那是一台六十年代装的旧电话，固定在墙上，我很熟悉它。当我说“喂”时，我听到一个男人声音在叫我阿玛利娅。

“我不是阿玛利娅，”我说，“你是谁啊？”

我感觉电话那头，那个男人抑制住了笑声，他重复了我的话。

“我不是阿玛利娅，”他用假声说，然后用纯粹的方言继续说，“把放脏衣服的袋子放在顶楼，你答应过我的。你在那里仔细看看，会看到你的箱子，里面放着你的东西，我把它放在那里了。”

“阿玛利娅已经死了，”我平静地说，“你是谁？”

“卡塞尔塔。”那人说。

这个名字听起来像童话故事中食人魔的名字。

“我是黛莉亚，”我回答说，“顶楼上有什么？你有她的什么东西？”

“我没有她的东西，倒是你手里有我的东西。”那人用假声说，阴阳怪气地模仿我的意大利语。

“你来家里吧，”我劝说他，“我们谈一谈，你可以取走你要的东西。”

那边沉默了很久，我等着他回答，但他什么都没说。那个男人没有挂断电话，他只是放下听筒离开了。

我走到厨房，喝了一杯从水龙头里接的水，水不是很清澈，味道也很难喝。我回到电话旁，拨通了菲利波舅舅的电话。他在响了五声后接了电话，我没来得及说话，他就对着电话骂了各种脏话。

我厉声说：“我是黛莉亚。”我觉得，他想了半天才想起我是谁。等他反应过来时，就开始向我道歉，称呼我为“闺女”，并反复问我是否安好，在哪里，发生了什么。

“卡塞尔塔给我打了电话。”我说。在他再次破口大骂之前，我对他说：“冷静点。”

6

我回到浴室，用脚把我的脏内裤踢到了净身盆后面。我捡起散落在地上的阿玛利娅的内衣，放回垃圾袋里。我来到楼道上，不再感到抑郁和不安。我仔细锁好了门，两道锁都锁上了之后，叫来了电梯。

一进电梯，我就按了五楼。到了顶楼，我把电梯门打开，电梯的亮光照亮了一块空间。我发现那个男人撒了谎：我母亲的行李箱不在那里。我想要下楼，但又改变了主意。我把垃圾袋放在电梯灯光照亮的三角形区域内，关上了电梯门。我站在楼道的角落里，在黑暗中可以清楚地看到从电梯出来、从楼梯上来的人。我坐在地板上等着。

几十年来，对我来说，卡塞尔塔就像一座熙熙攘攘的城市，一个让人不安的地方。这个城市的节奏比其他地方都快。

那并不是一座真实的城市，里面有十八世纪的公园，有流水和喷泉，那是我小时候在复活节后的星期一去过的地方。那天游客很多，我混在无数亲戚中，吃萨拉米香肠、完整的鸡蛋、用胡椒和油调味的面。关于那座城市、那座公园，还有一串串的字母，我只记得潺潺流下的水，还有那种刺激的快乐：在越来越远的呼唤声中迷失我自己。这是我能说出来的东西，但我说不出来的东西，都记录在卡塞尔塔的声音里。那首先是一种旋转带来的恶心感，一种晕眩和缺氧的感觉。有时那些记忆不太可靠，由几个昏暗的台阶和一道铸铁栏杆组成。在其他时候，它是一片被栅栏切断的光，上面有密集的格子。我在地下室，偷偷监视着那扇窗户，给我做伴的是个叫安东尼奥的男孩，他紧紧握着我的手。伴随这些记忆的，是熙熙攘攘的声音，就像电影中的配乐一样，会突然铿锵起来，好像先前有序的事突然被打乱了。空气中弥漫着午饭或晚饭时的味道，从每一扇门传出各种饭菜的气味，螺旋楼梯里也全是饭菜的香味，但也有霉味和蜘蛛网的味道。卡塞尔塔是一个我不应该去的地方，是一家挂着招牌的酒吧，有个黑头发的女人，有棕榈树、狮子和骆驼。它的味道就像婚礼发的喜糖，但那是一个禁止去的地方，女孩进去了，就再也出不来了。甚至我母亲也不能进去，否则我父亲会杀了她。卡塞尔塔是个男人，一套深色衣服的剪影。这个人影挂在绳子上，这里转一圈，那里转一圈，也不允许谈论他。阿玛利娅经常在家里被追打，被我父亲抓住后，先用手背打脸，然后用手掌打脸，只因为她说了一句“卡塞尔塔”。

这是我隐约记得的事。我记得比较清楚的是，阿玛利娅在暗中谈论他，谈论那个像城市一样的男人，他由瀑布、灌木丛、石像，还有画着骆驼、棕榈树的画组成。她没对我谈起他，她和其他人提到过卡塞尔塔，那是几个和她一起在家里做手套的女人，那时，我可能正和两个妹妹在桌子底下玩游戏。在我大脑的某个角落有这些句子的回声，有一句话留在我的脑海中，非常清晰。它们甚至不是话语，或者不再是话语，而是具体化成图像的声音。我母亲小声说，卡塞尔塔把她推到一个角落里，试图亲吻她。当我听她说话时，我可以看到那个男人张开嘴，露出白白的牙齿、长长的红色舌头，他的舌头从嘴里伸出来又缩回去，速度很快，令我着迷。在青春期，我故意闭上眼睛，在脑子里回想这一幕，带着厌恶和快感回味着它。这让我感到内疚，好像我在做一些禁忌的事。我在那时就知道，在那个幻想的情景中，有一个不能说出去的秘密。不是因为我不知道如何讲述，而是因为如果我说了，我的另一部分会拒绝，会抵抗、否定我自己。

之前在电话上，菲利波舅舅说了一些我隐约知道的事。他谈到的那些事我基本知道，可以总结如下：卡塞尔塔是个卑鄙小人。他们小时候是朋友，卡塞尔塔和我父亲也是朋友。在战后，卡塞尔塔、我舅舅和我父亲一起做生意，收入还不错。卡塞尔塔看起来是个老实本分的年轻人，但后来他看上了我母亲。卡塞尔塔骚扰的不仅是她，还有城区的很多女人。他其实当时已经结婚了，有个儿子。他的做法实在是太过分了，我舅舅和我父亲就教训了他一顿，卡塞尔塔和妻子、儿子搬到其他地方生活了。我舅舅用恶狠狠的方言总结说：“他贼心不死，后来我们就让他彻底死了心。”

我们陷入了沉默。我记得，在尖叫声和叫骂声中，我看到了血，所有幽灵都浮现出来。安东尼奥——那个握着我的手的小男孩，他一下子跌了最黑暗的地下室。有那么一刹那，我感觉童年和青少年时期见证的家庭暴力，又浮现在我的眼前，那些咒骂声又回响在我耳边，仿佛正顺着一条连着我们的线落下来。但我第一次意识到，那么多年后的今天，这就是我想要的。

“我去你那里吧。”菲利波舅舅提议说。

“一个七十岁的人，能把我怎么样呢？”

他有些迷惑，在挂断电话之前，我向他保证，如果卡塞尔塔再次出现，我会给他打电话。

现在我站在楼道上等着，至少过去了一个小时。其他楼层的灯光从螺旋楼梯间照上来，让我可以看到眼前的情景。我的眼睛习惯了黑暗之后，能看清周围的情景。在我等待的过程中，什么也没发生。凌晨四点左右，电梯突然颠簸起来，指示灯从绿色变成红色，吱吱扭扭地下去了。

我一下子来到了栏杆前，看着电梯经过四楼，最后停在三楼。电梯门打开后，又关上了，陷入了寂静，钢绳振动的声音也停止了。

我等了一会儿，也许五分钟，才小心翼翼地下到了四楼。一束淡黄色的光照亮了那里：楼道里的三扇门，通向一家保险公司的办公室。我又向下走了一层，这时我眼前是黑漆漆的电梯。电梯停在那里，我想看看电梯里，但我没有看，我看到了另一个让我惊异的场景：我母亲家的门大开着，灯亮着。阿玛利娅的行李箱就放在门口，旁边是她的黑色皮包。我出于本能，冲向这些东西，但我身后传来了电梯玻璃门关上的咔嚓声。灯光照亮了电梯，透过玻璃，我看到一个年老但保养得很好的男人，浓密的白发下有一张黝黑、消瘦的脸，看起来很有魅力。他正坐在电梯里的木质长椅上，一动不动，看起来像一张放大的老照片。他盯着我看了一会儿，眼神很温和，略带忧郁，这时电梯在吱吱扭扭声中向上升去。

我觉得毫无疑问，这就是在阿玛利娅的葬礼上说了一大串脏话的那个人。我犹豫着要不要跟着他上楼，我想我应该跟上他，但我觉得自己像个雕像一样，被死死地钉在地上。我盯着电梯的钢索，直到电梯门快速开合的铿锵声停下来。几秒钟后，电梯又从我的眼前滑过，下到一楼消失之前，那个男人面带微笑，向我展示了装有我母亲内衣的垃圾袋。

7

我强大精明，反应迅速，充满决心，不仅如此，我还喜欢证明自己有这些特征。但那时我不知道发生了什么，也许是我累了，也许是我发现我仔细关上的门忽然敞开着，我有些慌张，也许我被屋内的灯光、我母亲的行李箱和提包弄得有些失措。也可能是其他原因，也许是因为厌恶，当我意识到电梯玻璃门内的那个老人，他的样子在一刹那让我觉得有一种浑浊的魅力。这实在让我难以忍受，我没有追赶他，而是一动不动地盯着那些细节，直到电梯消失在楼梯间。

当我意识到发生了什么，我感到很无力，也很沮丧，我感觉受到了羞辱。因为我身体里的一部分一直都很警惕，防止另一部分崩溃。我走到窗前，正好看到在路灯的照耀下，那男人向小巷子里走去。他身体挺拔，步伐稳重但不迟缓，他右手拎着那个袋子，黑色的塑料袋底部拂过路面。我回到门前，打算冲下楼梯，但我看到德利索把门打开了一条缝，她出现在门与门框间的光里。

她穿着一件长长的、粉红色棉质睡衣，满怀敌意地看着我。她的脸前面有一道防盗保险链，她没有打开那条链子，可能担心坏人闯入。她肯定在那里已经站了一段时间了，通过窥视孔观察、偷听。

“怎么回事?”她问，语气很不满，“你整晚都在折腾。”我正准备针锋相对，但我想起她提到我母亲在和一个男人来往。我想，如果我想得到更多信息，就应该控制住自己的情绪。下午她说的那些闲话让我很恼火，我现在倒是希望她说得更详细一些。我希望在这个难熬的夜里，能和这个孤独老妇人的闲聊来打发时间。

“没什么，”我说，尽量控制呼吸，“我睡不着。”

她咕哝着说，逝去的人总是很难离开。

“第一个晚上，他们从来不让人睡觉。”

“您没有听到动静?我吵醒您了吗?”我假装礼貌地问。

“在夜里，过了某个点之后，我总是睡不安稳。我听到门锁的声音，你一直在开门关门。”

“是的，”我回答说，“我睡不好，心里很不安，我梦见了您之前在楼道里跟我提到的那个男人。”

老妇人明白我的口气变了，我愿意听她的闲话，但她想确定，我不会再拒绝她。

“什么男人？”她问。

“您提到的那个男人……就是那个来这里看望我母亲的人。我想着这件事睡着了……”

“那是个很体面的先生，他让阿玛利娅心情很好。他来的时候会带着一些千层蛋糕，还有鲜花。他一来，我就能听到他们在说笑，尤其是她在笑，声音很大，从一楼都能听到。”

“他们会说些什么？”

“我不知道，我没听，又不关我的事儿。”

我有些不耐烦了。

“阿玛利娅从来没跟您聊过吗？”

“聊过，”德利索说，“有一次，我看到他们从家里一起出去。她跟我说，他们认识有五十多年了，那位先生对她来说差不多像亲戚。如果是这样，那你也应该认识他。他又高又瘦，一头白发，你母亲对他，几乎就像对亲兄弟一样，两人很亲密。”

“他叫什么名字？”

“我不知道，她从来没有告诉我。阿玛利娅有些反复无常，有时候，不管我想不想听，她会告诉我她的事，而有时见了我，她连招呼也不打。我知道那男人会带千层蛋糕来，因为他们吃不完会送给我一些。她还会把花送给我，因为她闻到花香就头疼，过去几个月里，她总是头疼。但她从来没有邀请过我，把我介绍给他。”

“也许她是怕您尴尬。”

“并没有，她不想让别人管她的事儿。我明白她的态度，就靠边站了。但我想告诉你，你母亲不可靠。”

“什么意思？”

“她不太对劲儿。我只偶然见过那位先生一次，他是个帅气的老头，衣着得体，我经过他们身边时，他还向我微微鞠了个躬，而你母亲转过脸去，说了句很难听的话。”

“也许您误解了。”

“我听得非常清楚。她变得很爱说脏话，说得很大声，她独自一人时也会说，说完她会笑起来。我从这里，从我的厨房，都可以听到她的声音。”

“我母亲从不说脏话。”

“她说脏话的，她说的……人到了一定的年龄，应该有一定的自制力。”

“您说得对。”我说。我又想起了门口的行李箱和手提包，作为阿玛利娅的物品，我觉得它们已经受到了玷污，肯定经历了不该经历的事情，我想把这些东西的尊严找回来。我顺从的语气让那位老妇人深受鼓舞，她取下了门上的链子，来到了门口。

“反正这个时候，我也睡不着了。”她说。

我担心她想进屋，我赶紧回到我母亲的公寓。

"我倒是还想睡一会儿。"我说。

德利索的脸色一下变得黯淡，马上放弃了跟我进屋的想法，她带着怨恨把链子放回门上。

"阿玛利娅总是想进我的屋子，但从来不让我进她的屋子。"她嘟囔着说，当着我的面，把门关上了。

8

我在地板上坐下来，开始查看行李箱里的东西。我打开箱子，但发现里面没一样东西看起来像属于我母亲。所有衣物都是崭新的：一双粉色的拖鞋，一件胭脂色的蕾丝睡衣，两件崭新的连衣裙，一件是赭红色的，对她来说可能太紧了，款式太年轻了，另一件是蓝色的，样式普通一点，短一点，五条高档内裤，还有一个装着香水、止汗露、面霜、化妆品、洗面奶的洗漱袋，但她一生中从未化过妆。

我又看了看那个手提包。我从里面拿出了几条白色的蕾丝内裤，立刻被内裤右侧三个清晰可见的“V”字和精美的设计吸引了，这和阿玛利娅溺水时穿的胸罩是同一个品牌。我仔细检查了一下那些内裤，它们左侧有小裂缝，像有人穿过一样，这个号码明显太小了，所以内裤裂开了。我感到胃里一阵痉挛，我屏住呼吸又去翻手提包。我想找到家里的钥匙，结果没找到，但我找到了母亲的老花眼镜、九个电话币，还有她的钱包。钱包里有二十二万里拉（这对她来说是一笔巨款，她靠我们三姐妹每月给她的一点钱生活），一张电费收据，一张装在塑料保护壳里的身份证，一张我和两个妹妹的老照片，上面还有我父亲。那张照片破损很严重，是很久以前拍摄的。照片已经发黄了，出现了很多裂痕，就像在某些祭坛上，那些信徒用尖锐物品划伤长着翅膀的魔鬼留下的痕迹。

我把照片放在地上，站了起来，抑制住一种越来越强烈的恶心感。我在屋子里寻找电话簿，找到后看写着“卡塞尔塔”那一栏。我不想给他打电话：我想要他的地址。当我发现，姓“卡塞尔塔”的人有满满三页纸时，我意识到我不知道他叫什么名字：在我的童年，除了卡塞尔塔，没人叫过他其他名字。我把电话簿扔到一个角落里，去了洗手间。我实在无法忍受一阵阵想吐的冲动，有几秒钟，我害怕身体会背叛我，我带着一种自毁的冲动吐了。这种冲动是我小时候一直很害怕的，在我长大后，我一直试图控制自己。吐完我平静下来，我漱了漱口，仔细洗了洗脸。在水槽上倾斜的镜子里，我看到自己的脸很苍白，一副崩溃的样子，我突然决定化个妆。

这是一个不寻常的反应，我不经常化妆，也不愿意化妆。我很年轻时化过妆，但已有很长一段时间，我都没化过妆了，我不觉得化妆能让我好看些。但在眼下，我认为我需要化妆。

我从母亲的行李箱中取出那个洗漱袋，回到洗手间，打开它，拿出一个装满润肤霜的盒子，上面有阿玛利娅小心翼翼的指痕。我用手指抹去了她的痕迹，往脸上涂抹了很多面霜。我不断地将面霜涂在脸上，拍打着脸颊，然后开始涂抹粉底，用厚厚的一层粉底，仔细盖住了我的脸。

“你是个鬼魂。”我对镜子里的女人说。那是一个四十多岁的女人的脸，她先是闭上一只眼睛，然后闭上另一只，黑色的眼线笔从每只眼睛上画过。她很瘦，棱角分明，颧骨很高，但没有皱纹，这真是神奇。她头发剪得很短，尽量不让人看到她的头发是黑色的，让她觉得轻松的是，现在头发终于渐渐变成灰白色，黑头发永远消失了。最后，她涂了睫毛膏。

“我一点也不像你。”我一边涂着腮红，一边小声说。为了不拆穿自己，我不看镜子，但我注意到了镜中的净身池。我转过身去，看着那个老物件，它上面的水龙头上带着日积月累的水锈，我想看看它少了什么。我意识到发生了什么时，觉得很好笑：卡塞尔塔连我扔在地上带血的内裤也带走了。

9

我到达菲利波舅舅家时，咖啡已经快要煮好了。让我觉得神奇的是，他用一只手可以做所有事。他有一把老式咖啡壶，是摩卡壶在所有家庭中风行起来之前人们用的那种。咖啡壶是圆筒形的，金属材质，带嘴子，拆开后有四个部分：装水的容器、装咖啡的盒子、上面有细孔的旋盖，还有盛咖啡的壶。他带我进厨房时，开水已经漫过咖啡粉，慢慢流入壶里，房间里飘荡着一股浓浓的咖啡香。

“你看起来很精神。”他说，但我觉得他不是指我化了妆。在我看来，他看不出一个女人化了妆和不化妆的区别。他的意思是，我那天早上脸色看起来特别好。事实上，他一边喝着热咖啡，一边补充说：“你们三姐妹中，你长得最像阿玛利娅。”

我微笑了一下，我不想告诉他昨天夜里发生的事，免得惊动他。我也不想讨论我与阿玛利娅长得像的问题。那时是早上七点，我很累。半个小时前，我穿过空荡荡的佛利亚街，当时街上还比较寂静，甚至能听到鸟儿的歌唱。空气很新鲜，看起来也很干净；光线有些朦胧，阴晴未定。当我走到了大教堂路，城市的声音已经喧闹起来了，甚至能听到房子里女人的叫喊声，天色变得越来越灰暗沉重。我拎着一个大塑料袋，里面塞满了之前我母亲行李箱和手提包里的东西。我忽然来到了舅舅家，他刚起来，裤子松松垮垮，扣子还没扣好，赤裸的身上穿着一件背心，断了的手臂也露在外面。他推开窗户，马上整理了一下自己。他催促我吃东西，问我要不要新鲜的面包，要不要用面包蘸牛奶，吃不吃饼干？

我也毫不客气，开始吃这吃那。六年前，他妻子去世了，他成了鳏夫，像所有没有孩子的老人一样，他独自生活，睡得很少。虽然是一大早，但他很高兴我出现在他家里，我也很高兴在那里。我需要几分钟的喘息时间，我需要行李里的东西，那是过去几天我在他家住时留下的，我想换衣服。我打算直接去“沃氏姐妹”的商店，但菲利波舅舅很想有人陪他，也很想和我说说话。他诅咒卡塞尔塔不得好死，恨不得他昨天晚上就已经发病身亡，很后悔过去没杀了他。后来不知道为什么，他开始用浓浓的方言，从一个家庭故事跳到另一个家庭故事，中间都没有喘气的时间。

我试图打断他，尝试几次之后放弃了。他嘟嘟囔囔，越说越生气，眼睛变得湿润，时不时吸一下鼻子。说到阿玛利娅时，在短短几分钟，他会从对妹妹的无限赞美、感叹万分，变成了对她无情地批评，因为她抛弃我父亲。另外，提到我母亲时，舅舅忘记她已经去世了，责备起她来，好像她还活着，还在场，可能下一秒就会从另一个房间出来。“阿玛利娅，”他叫喊着说，“她做事从来不考虑后果，她一直都是这样，她应该坐下来想一想，耐心等待。但她早晨醒来，一时冲动就带着三个女儿离开了家。”菲利波舅舅觉得，她不应该那样做。但我很快就意识到，他是想把我母亲自溺的事和她二十三年前离家出走联系起来。

这真是毫无意义，我很气愤，但任由他说下去。他时不时会停下来，充满怨恨的语气变得亲昵些。他殷勤地从橱柜里拿出很多瓶瓶罐罐，里面装着薄荷糖、不知道放了多久的饼干，还有一罐黑莓果酱，虽然长了霉斑，但他说还可以吃。

我先是拒绝了他的好意，后来无法回绝，就吃了起来。他又滔滔不绝地说了起来，但常常不太记得发生的事情，还有具体的日期。那是一九四六年还是四七年——他在努力回忆——最后他改变了主意，得出结论说：那是战后。战后，卡塞尔塔首先看到，应该利用我父亲的才能，让大家生活得更好一点。说实在的，必须承认这一点，如果没有卡塞尔塔，我父亲会继续给城区的商店画山水、月亮、棕榈树、骆驼，基本不挣什么钱。但卡塞尔塔很聪明，他长得像阿拉伯人一样黝黑，有一双贼溜溜、比鬼都精明的眼睛，他已经和那些美国海军打成一片。他不是把女人介绍给他们就是把其他商品卖给他们。卡塞尔塔主要针对那些想家的士兵。他没有给美国海军看那些卖身的年轻女性的照片，而是在他们身边转悠，促使他们从钱包里拿出留在美国的女人的照片。一想到家里的女人，这些士兵一下子就变成了孤独脆弱、焦虑不安的孩子。卡塞尔塔就跟这些士兵交谈，说好价钱，把照片拿过来，带给我父亲，让他照着画一张油画。

我也记得那些照片。即使后来没有卡塞尔塔做中间人，我父亲也有很多年都在做那门生意，画照片里的美国女人。那些美国士兵魂牵梦绕，反复看那些照片，这让照片上的女人变得模糊不清。照片上是他们的母亲、姐妹、女朋友，她们都金发碧眼，面带微笑，都烫过发，头发梳理得一丝不苟，脖子和耳朵上都戴着首饰，看起来特别像标本。另外，那些照片就像阿玛利娅钱包里保存的照片，就像任何被思念腐蚀的照片，它们已经失去了光泽，通常四个角折了，上面有裂开的白色印子，划破了照片上的人脸、衣服、首饰、发型。那些带着欲望和愧疚感保存这些照片的人，在他们的想象中，那些面孔也奄奄一息。我父亲经常从卡塞尔塔手中接过照片，用大头针将它们固定在画架上，他三下五除二就会让一个女人出现在画布上，看起来像真的一样：母亲、姐妹、妻子，她们都看起来充满怀念，而不是让人怀念。照片上的裂缝消失了，黑白照片变成了彩色的，变成了有血有肉的人，记忆中的样子通过绘画的技巧得以实现，使迷失、寂寞的男人心满意足。卡塞尔塔会过来拿起画好的画，留下一些钱就走了。

“因此，在很短时间内，”我舅舅接着说，“我们的生活发生了变化，靠那些美国大兵的女人，我们每天都能吃上饭。”他也能吃上饭了。因为他当时没工作，在征得我父亲同意的情况下，我母亲会给他一些钱，有时也可能偷偷给他。总之，经过很多年缺吃少穿的生活，一切都好起来了。如果阿玛利娅做事情考虑后果，如果她没掺和进来，不知道他们会干成什么大事儿呢。据我舅舅说，他们当时前途远大。

我想到了那些钱，也想着我母亲，想到她在影集中的样子：她当时十八岁，肚子已经因怀了我而隆起，她站在外面的阳台上，在背景上可以看到“胜家”缝纫机的一部分。在拍照之前，她一定是在踩缝纫机，在拍完照之后，我很确信，她会回到缝纫机前埋头干活。没有任何照片可以展示她平日的辛劳，还有遭受的苦难。照片里，她没有笑容，没有明亮的眼睛，也没有整理头发让自己好看一点。我认为，菲利波舅舅从来没想过阿玛利娅的工作，还有她对家庭的奉献，我也从来没想过这个问题。我摇了摇头，对自己很不满。我讨厌谈论过去。我和阿玛利娅一起生活的那些年，见到父亲的次数总共不超过十次，那也是在我母亲的迫使下见的。自从我在罗马生活后，我只见过他两次，最多三次。他仍然住在我出生的那套房子里，有两个房间和一个厨房。他整日都坐在那里，画丑陋的海湾景色或粗糙的海浪，让小贩拿到乡下的集市上卖。他一直以这种方式谋生，从类似于卡塞尔塔那样的中间人手里拿点钱。我一直都不喜欢看到他坐在那里，日复一日用同样的手势、同样的颜色，绘制同样的形状，散发着同样的味道，我从小就很熟悉那一切。我尤其无法忍受他无缘无故就用侮辱性的语言谩骂阿玛利娅，不承认她有任何功劳。

不，我不喜欢过去的任何东西。我与所有亲戚断绝来往，以免他们在每次见面时，用方言抱怨我母亲的厄运，用粗俗的语气指责我父亲的行径。我唯一来往的只剩下菲利波舅舅了。这些年来，我经常和他见面，这不是我的选择，而是他会突然出现在家里，和我母亲争吵。他每次都情绪激动，声音很大，但他们很快会和好。阿玛利娅和她唯一的哥哥感情很深，虽然他没什么本事，年轻时就对妹夫和卡塞尔塔言听计从。在另一方面，她很高兴舅舅继续和我父亲来往，给她通风报信：他怎么样，在做什么，在干什么活儿。而我对他残缺的身体怀有一种由来已久的同情，我觉得他那种虚张声势，像“克莫拉”黑社会分子的做派也很可爱，如果我想的话，简直可以一拳把他打倒在地。我其实也希望他像许多伯伯叔叔、姑姑阿姨一样逐渐消失，因为我无法接受他认为这一切都是我母亲的错、我父亲是对的。他是我母亲的哥哥，他无数次看到我母亲被拳打脚踢，经常被打得鼻青脸肿，但他从来没伸出一根手指头来帮助她。五十年来，他一直坚定地支持他妹夫，从来没改变主意。只是在近几年，我才能做到心平气和听他说话，不再感到气愤。但我小时候根本无法忍受他站在我父亲那边，他说一会儿话，我就把手指伸进耳朵里，不想听他说话。也许，我不能容忍我内心最隐秘的部分，利用我舅舅的话来支持一个隐秘的假设：我觉得母亲身体里带着一种原罪，那不是她的意志可以决定的，也和她真正做出的事无关，那种罪过是她的每个举动、每声叹息都会流露出来的。我从塑料袋里拿出我在阿玛利娅家里找到的蓝色衬衫。“这是你的吗？”我问舅舅，以便转移话题。他的话说到一半，有些迷惑地停了下来，眼睛睁得大大的，嘴半张着。他气呼呼地仔细查看了那件衣服，其实他不戴眼镜，几乎什么也看不见。他看着那件衣服，只是为了冷静下来，刚才说得特别激动，他想稳定一下情绪。

“不是我的，”他说，“我从来没有过这样一件衬衫。”

我告诉他，这是我在阿玛利娅家里的脏衣服中发现的，但我犯了个错误。

“那会是谁的？”他问，又激动起来，就好像我刚才没有问他，想从他那里得到答案。我试图解释说，是谁的无关紧要，但说了也白说。他把衬衫还给我，就好像那件衣服上有病毒，又开始无情地批评他妹妹。

“她一直都是这样，”他用方言怒斥道，“你还记得吗？以前每天都有人送免费水果到她家里，她总是云里雾里的，不知道怎么回事儿。还有那本诗集，上面写着赠言，要献给她。那些鲜花、每天早上八点送到家里的千层蛋糕，还有那条裙子，你还记得吗？怎么可能你什么都不记得了？谁给她买的那条裙子，还知道她的具体尺寸？她说她一无所知，但她偷偷穿着出去，没有告诉你父亲。你告诉我，她为什么这样做？"

我意识到，他一直想象阿玛利娅的生活很混乱，那的确是她给人的感觉。即使我父亲掐住了她的脖子，她的皮肤上还留有青紫的淤痕，她也会对三个女儿说："他就是这样的人。他不知道自己在做什么，我不知道该对他说什么。"但我们觉得，父亲对她下手那么狠，他真应该在早晨出去，在外面被火烧死，被车子压死，被水淹死。我们暗地里是这样想的，我们也很痛恨她，因为是她让我们产生这些恶毒的想法。在这一点上，我们毫不怀疑。我也没忘记当时的心情。

我什么也没忘记，但我不想记住这些。如果有必要，我可以把一切都讲出来，仔仔细细讲出来，但为什么我要那么做呢？在不同情况下，我只是说出了那些对我有用的事，我每次都审时度势，决定说什么、不说什么。比如现在，我仿佛看到桃子摔在地板上，被踩得稀巴烂；玫瑰花反复摔打在厨房的桌子上，红色的花瓣在空中飘荡，散落一地，带刺的花茎还固定在银色的包装纸里；糕点被扔出窗外；裙子被灶火烧掉。我可以闻到因为走神，热熨斗留在布料上发出的令人作呕的气味，我感到害怕。

“不，你们不记得了，你们什么都不知道。”我舅舅说，好像在那一刻，我也代表了我两个妹妹。他想强迫我相信：父亲开始打她，是因为他不想再为美国人画画，不想再和卡塞尔塔来往，而我母亲表示反对。这不是阿玛利娅可以插嘴的事，但她就是有这个坏毛病，什么事儿都想插嘴。我父亲画了幅画，是个裸体跳舞的吉卜赛女人。他把这幅画给一个在集市上卖画的人看了看，那个流动商贩在城里的街上和乡下的集市上卖画，都是些乡村风景和海浪。那人叫米利亚罗，总是带着一个牙齿参差不齐的儿子。他认为，那幅画很适合挂在医生和牙医的工作室里。他告诉我父亲，他打算买这些画着吉卜赛女人的画，提成比卡塞尔塔给的钱高得多。但阿玛利娅表示反对，她不想让我父亲脱离卡塞尔塔，也不想让他画吉卜赛女人，甚至不想让他把那幅画展示给米利亚罗。舅舅问我，还记不记得这些事儿。

“你们不记得了，也不知道。”菲利波舅舅不停地说，他对那段岁月的流逝感到愤慨。那些日子对他来说似乎很美好，却没有收获本应该收获的果实。

于是我问他，卡塞尔塔和我父亲闹翻后，后来做什么去了。他满脸怒容，许多可能的答案在他眼中闪过。最后，他决定放弃那些最暴力的回答，他自豪地重申：他们给了卡塞尔塔应有的报复。

“你当时把一切都告诉了你父亲，你父亲给我打了电话，我们打算去把他杀了。如果他当时敢还手，我们就真的会杀死他。”

发生的一切都是因为我。我不喜欢这种说法，也不想知道，他说的是哪个“你”，我抹去了这个“你”和我名字的指代关系，仿佛它不可能以任何方式影射我。他用带着疑问的眼光看了看我，见我无动于衷，很不满地摇了摇头。

“你什么都不记得了。”他沮丧地重复道，继续向我讲述卡塞尔塔的情况。在那之后，卡塞尔塔害怕了，也明白了自己该怎么做。他卖掉了属于他父亲的小店——一家卖点心和咖啡的铺子，其实那家店也濒临破产，带着他的妻子儿子离开了城区。一段时间后，有传言说他在卖偷来的药品，后来据说他用赚来的钱搞了一家印刷厂。这很奇怪，因为他不是个印刷商。菲利波舅舅的猜测是，他给盗版唱片印封面。后来一场大火烧毁了印刷厂，卡塞尔塔腿部被烧伤，在医院住了一段时间。从那以后，就没有再听到他的任何消息。有人说他日子过得不错，保险赔偿了不少钱，他去了另一个城市生活。还有人说，他烧伤之后，精神就不太正常了，看了无数个医生。医生再也没让他出院，不是因为他的腿伤，而是因为他脑子的毛病。他一直是个怪人，据说随着年龄的增长，他变得越来越古怪。这就是他知道的，舅舅不知道其他关于卡塞尔塔的消息。

我问他叫什么名字，我在电话目录中找过，但姓卡塞尔塔的人太多了。

“你敢去找他？”他几乎是咆哮着说。

“我不是在找卡塞尔塔，”我撒谎说，“我想见见安东尼奥——他的儿子，我们小时候经常在一起玩。”

“你在撒谎，你想见卡塞尔塔。”

“我会去问我父亲。”一时间，我只能这么回答他。

他惊讶地看着我，仿佛我是阿玛利娅。

“你是故意的，”他嘟囔着说，然后低声说，“尼古拉，他叫尼古拉。你在电话目录中找也没有用，‘卡塞尔塔’是个外号。他的真实姓氏就在我嘴边，但我一时间想不起来了。”

他似乎真的极力想回答我的问题，但后来沮丧地放弃了：“算了，你回罗马去吧。如果你真想见你父亲，至少不要跟他提到这件衬衫。即使是现在，他也会为这件事杀了你母亲。”

“他现在什么也做不了了。”我提醒他，但他好像没听到。

“你想再来点咖啡吗？”他问。

10

我放弃了换衣服，仍然穿着那套落满灰尘、皱巴巴的深色西装。我几乎没时间换卫生棉条。菲利波舅舅一分钟都不让我安宁，他不是在热情接待我，就是在发泄愤怒。当我说我要去“沃氏姐妹”那里买几件内衣时，他很困惑，沉默了几秒钟之后，提出要陪我去坐公交车。

天色越来越暗，没有风，公共巴士很拥挤。菲利波舅舅看了一眼人群，决定也跟我一起上车，说是为了保护我，免得我遭遇扒手和“咸猪手”。幸运的是，这时车厢里腾出了一个空位，我让他坐下，但他极力拒绝。我坐了下来，开始了一段令人疲惫的旅程，穿过交通堵塞的黯淡城市。公交车里有一股强烈的尿骚味，还有飘来飘去的绒毛，不知道什么时候从打开的窗户里钻进来的，我感到鼻子很痒。我舅舅不断跟人吵架，首先是和一个中年男人，因为那时有人让出来一个位子，他想赶过去，那人没及时躲开让他通过，后来他又和一个不顾禁令在公交车里吸烟的年轻人吵起来。那两人都用一种轻蔑的态度对他，而且都很凶，完全不考虑他七十岁的高龄，还有缺失的手臂。我听到他咒天骂地，因为人群把他推到了汽车中间，离我越来越远。

我开始出汗。我挤在两个老太太中间，她们很不自然地盯着前方，一个老太太把手提包夹在腋下，另一个把手提包放在肚子上，手放在开口的地方，拇指伸进拉链环里。站在我们旁边的乘客弯着腰，对着我们呼吸。夹在男性身体中间，让那些女人很窒息，她们在叹息，因为偶尔出现的近距离接触，虽然表面看来无可指责，但还是让她们很烦。男性在拥挤的人群中，他们一边揩油，一边默默地自娱自乐。一个男人正用意味深长的目光盯着一个黑头发女孩，看她是否会低下头，另一个男人盯着她上衣纽扣之间的蕾丝，还有一个用目光死死勾住她的肩带。其他人则看着窗外打发时间，他们瞄着外面一截裸露的腿，观察那些女人脚踩刹车或离合器时的肌肉运动，以及抓挠大腿内侧的不经意动作。一个瘦小的男人被他身后的人群挤着，与我的膝盖短暂接触，对着我的头发呼吸。

我把头转向最近的窗户，想呼吸一点新鲜空气。我小时候经常和母亲一起乘坐电车走这条路线，汽车吱吱扭扭，像痛苦的驴叫，在灰色的老建筑之间，艰难地向山上爬去，直到眼前出现一片海，我想象着电车在上面航行。玻璃在木质框架中晃动，地板也在震动，向身体传递一种愉快的震颤。我让这种颤动延伸到牙齿上，我松开下巴，感受上牙轻磕着下牙的感觉。

这是我喜欢的一段旅程，去程坐电车，回程坐缆车，都很缓慢，一点都不着急，只有我和她。在头顶上，在扶手杆上，挂着一些用皮带连接的结实把手。如果抓住那些把手，身体的重量会使五颜六色的文字、图案、图像出现在手柄上方的金属块中，每拉一下都会有不同的图案出现，那是染发剂、鞋子、城市商店各种商品的广告。如果车内不拥挤，阿玛利娅会把她随身带着的纸包放在座位上，把我抱起来，让我玩那些拉手。

但如果车内拥挤不堪，那就谈不上享受了。我就会出于本能保护母亲，不让车上的男人触碰到她，就像我父亲在这种情况下做的那样。我像盾牌一样挡在她身后，靠在她的腿上，额头顶着她的臀部，伸出双臂，一只手紧紧抓住右侧座位的铸铁架，另一只手放在左侧。

这是一种无用的努力，阿玛利娅的身体无法阻挡。在走廊里，她的胯在膨胀，向身边男人的胯部膨胀；她的腿、腹部都在膨胀，会挨着坐在她前面的人的膝盖或肩膀。也许情况正好相反，是那些男人像苍蝇一样粘着她，就像落在粘蚊纸上，就像挂在肉店里或香肠店铺的淡黄色纸张，很黏稠，上面总会落满死去的虫子。很难用脚或手肘将他们挡住，他们会抚摸我的后颈，对我母亲说：“小心大家会踩到这个漂亮的小姑娘。”有人甚至想抱起我，但我拒绝了。我母亲笑着说："过来吧，来吧。"我抗拒着，感觉很焦虑。我想，我如果让步了，他们就会把母亲带走，而我不得不独自和愤怒的父亲生活在一起。

父亲用一种暴力方式保护她，不让她被其他男人染指。我不知道，这种暴力能让他对付那些情敌，还是会反过来让他送命。他总是心怀不满，也许他之前并不是这样，自从他不再在城区里转悠，靠给人装饰商店柜台或手推车来换取食物，他就变成了这样。那时候，他不用死死待在画布前，不停地画牧羊女、海景、静物、异国风光，还有一幅幅吉卜赛女人。他想象着自己有远大前程，他很愤怒，因为生活一直没发生改变，因为阿玛利娅不相信生活会改变，因为人们没给予他应有的尊重。他不断重复说一些话，来说服自己，也为了说服我母亲：能嫁给他，那是她的运气。她皮肤那么黑，不知道来自什么血统，而他金发碧眼、皮肤很白，他感觉自己的血统一定不同寻常。虽然他只能死死待在那里，用同样的颜色，不停绘制同样的主题、同样的乡村、同样的海洋，一直到恶心为止，但他还是对自己的才华抱有极大幻想。我们三个女儿为他感到羞愧，觉得他可能会伤害我们。他口口声声威胁说，要收拾任何触碰到我母亲的人。在电车里，当他也在场时，我们会很害怕。他特别防备那些身材矮小、皮肤黝黑、头发卷曲、嘴唇肥厚的男人，他认为这种类型的男人会把阿玛利娅带走。但也许他认为，我母亲会受到那些孔武有力、强壮方正的身体所吸引。有一次，我父亲确信人群中有个男人碰了我母亲，他当着所有人的面打了她一个耳光，也当着我们几个孩子的面。我觉得很惊异，也很痛苦，我确信他会杀死那个男人，我不明白为什么他反而打了我母亲一巴掌。即使是现在，我也不明白他为什么那么做。也许是为了惩罚她，因为透过衣服布料，她的皮肤感受到了另一个男人身体的热量。

11

我停在萨尔瓦托·罗萨街熙熙攘攘的人群中。我发现，我对阿玛利娅的城市没有任何喜爱之情，对人们说话时用的语言、小时候走过的街道，对这里的人都没有任何眷恋。后来，我眼前出现了一片海面（是小时候让我激动不已的那一抹海面），我现在感觉，那片海就像粘在开裂的墙上的紫红色牛皮纸。我知道，我正永远失去母亲，而这正是我想要的。

沃氏姐妹商店在万维泰利广场。我小时候经常在这家商店橱窗前驻足，橱窗很简朴，厚厚的玻璃镶在桃花心木框中。入口处有一扇古老的门，一半镶着玻璃，门拱上刻着三个“V”字，还有店铺创建年份：1948 年。玻璃是不透明的，不知道门里有什么，我从来没想要去看看，我知道，即使看了也没钱买。我经常在商店外面逗留，主要是因为我喜欢街角的橱窗，那些女士内衣散放在一幅画下。我无法确定那幅画属于什么年代，但它一定是出自名家之手。我喜欢那幅画，画上有两个女人，她们的轮廓几乎重叠在一起，她们身子很靠近，正在做着同样的动作，她们正张着嘴，从画布右边跑到左边，不知道是在追赶什么还是被追赶。这幅画似乎是从一张更大幅的画上切割下来的，因为看不到两个女人的左腿，她们伸出的手臂在手腕处被切断。甚至我父亲，他对几个世纪以来的绘画作品总是嗤之以鼻，也喜欢这幅画。他假装自己是个专家，还提到了这幅画的作者是谁，就好像我们都不知道。他没上过什么学，对艺术知之甚少，甚至一无所知，他只能日日夜夜画那些吉卜赛女人。他心情好的时候，比平时更乐意在我们几个女儿面前吹嘘，他有时甚至说，那幅画是他画的。

我至少有二十年没上山了，在我的印象中，山上与城市其他地方不同，那里整洁有序，离圣马蒂诺修道院[①]只有几步之遥。但现在我一到那里，马上感到很厌烦。那片广场已经不是我记忆中的样子，稀疏的法国梧桐看起来半死不活，到处都是汽车、金属板子，广场上还搭起了涂成黄色的梯形铁梁。我记得，广场中心的棕榈树曾经很高大，但现在只剩下一棵矮矮的棕榈树，还病恹恹的，周围挡着灰色的屏障，因为在施工。更重要的是，我第一眼没有看到那家店。我舅舅紧紧跟着我，一

① 圣马蒂诺修道院（Certosa di San Martino），位于那不勒斯城俯瞰那不勒斯海湾的沃梅罗山顶，是该市的显著地标之一。

直在嘟嘟囔囔，还对在车上与人争吵的事念念不忘，尽管那段插曲发生在一小时前。我在尘土飞扬、噪声不断的广场上转了一圈，四周全是施工的气压锤、汽车鸣笛的声音，头顶上乌云密布，空气很闷，就是像要下雨却又下不来的时刻。最后我在一排女模特面前停了下来，那是一些没有头发的人体模型，身上穿着内裤和文胸。有些模特的姿态很大胆，偏于粗俗，那一定是精心设计过的。在商店的镜子、镀金的门把手，还有各种电镀的材料中，我很难辨认出门拱上的三个“V”字，那是唯一保留下来的东西，我喜欢的那幅画也不见了。

我看了看手表：已经十点一刻了。广场上熙熙攘攘的，整个广场看起来就像旋转木马：建筑、灰紫色柱廊、声音、灰尘。菲利波舅舅瞥了一眼商店的橱窗，马上尴尬地转过脸去：太多张开的腿、诱人的胸脯，容易勾起人不好的联想。他说他在拐角处等我，让我最好快点。我想，我又没让他跟着我来，就走进了店铺。

我之前一直想象，店铺内部光线昏暗，里面有三位慈祥的老妇人。她们穿着长裙，戴着珍珠项链，头发挽成发髻，用老式发夹固定。但我发现其实店铺里灯火通明，顾客人声嘈杂，还有一些木质模特穿着缎面睡衣、五颜六色的上衣、丝质短裤，很多大大小小的展示台上，堆放着各种商品。店员都很年轻，浓妆艳抹，穿着很紧身的浅绿色制服，胸前绣着三个“V”。

“这是沃氏姐妹的店吗？”我问其中一个店员，她是看起来比较和善的那位，也许穿着那件制服让她很不自在。

“是的，有什么可以帮您的吗？”

“我能不能和沃氏姐妹中的一位谈谈？”

那女孩迷惑地看着我。

“她们已经不在这里了。”她说。

“她们去世了吗？”

“没有，我觉得没有。她们已经退休了。”

“她们把商店卖掉了吗？”

“她们很老了，就卖掉了商店，现在有了新老板，但品牌是一样的。您是老顾客吗？”

“我母亲是你们的顾客。”我说。我慢慢从带来的塑料袋里拿出内裤、睡衣、两条裙子，以及在阿玛利娅箱子里找到的五条内裤，我把所有东西摆在柜台上。“我想，这些都是她从这里买的。”

女孩看了主管一眼。

“是的，这些东西是我们店里的。”她用带着疑问的口气说。我感觉，她想根据我显示的年龄，来推算我母亲的年龄。

“她到今年七月就六十三岁了，”我说，然后我撒了一个谎，“这些衣服不是她买给自己的，是买给我的礼物，是我的生日礼物。今年五月二十三日，我年满四十五岁。”

“您看起来至少年轻十五岁。”女孩说，她在尽量扮演自己的角色。

我用一种讨好的语气解释说：

“这都是好东西，符合我的品位。只是这条裙子对我来说有点紧，内裤也很紧。”

“您想更换吗？我们需要看一下收据。”

“我没有收据，但东西肯定是在这里买的。您不记得我母亲了吗？”

“我不知道，来这里的客人太多了。”

我瞥了一眼女售货员提到的客人。那些女人都在说方言，语气里有一种刻意的欢乐，她们大声笑着，身上戴着各种昂贵的珠宝。她们穿着内裤和胸罩，或者穿着豹纹、金色、银色的超短游泳衣，从更衣室里出来，展示着满是妊娠纹、橘皮组织的丰满肉体。她们看着自己的双腿之间和臀部，用双手捧起乳房，无视女店员的存在，而是用这个姿势对着一个衣着光鲜、皮肤黝黑的男主管。那个男人是特意安排在店里的，监控店里的流水，也会盯着效率低下的女店员。

这不是我想象中的这家店铺的客户群。她们似乎都是暴发户的女人，他们来钱太容易了，这把她们抛向了一种临时的奢侈中。她们曾在潮湿拥挤的地下室，接受了一种软色情漫画的亚文化，那些淫秽内容是间歇插入、用来调节剧情的。她们被迫生活在这座监狱一样的城市，先是被贫穷腐蚀，现在又被金钱腐蚀，中间没有任何过渡。看到她们的样子，听到她们说话，我意识到这一切让我难以忍受。她们在那个男店员面前的表现，和我父亲想象中的一样，他想象妻子背着他就是这样的。阿玛利娅也一样，也许她一生都梦想这样表现自己：一个放得开的女人。弯腰时，不会把手放在乳沟中间挡一下；跷着二郎腿，根本不管裙子会不会走光；穿金戴银，肆无忌惮地大笑；不分青红皂白，浑身都散发着性的召唤，试图在色情的竞技场上与男人面对面进行较量。

我不由自主地露出愤怒的表情，我说：

“她和我一样高，只是多几根白头发，她梳着很老式的发型，没人再像她那样梳头。有一位七十来岁的老先生陪着她来，那位先生很瘦，头发很厚，全都白了，很体面。看起来是很般配的一对……您应该对他们有印象，他们买了这些东西。”

店员摇了摇头，说她不记得了。

“来这里的人太多了。”她说。她瞥了一眼那位主管，担心自己浪费了时间。她建议说：“您穿上试试。在我看来，这些衣服您穿很合身，应该就是您的尺寸。如果太紧的话……”

“我想和那位先生谈谈……”我斗胆说。

女售货员把我推向一间更衣室，我刚才提出的要求让她很不安。

“如果那条内裤您不喜欢，可以再买一条……我们会给您打折。”她提议说。我身处一间更衣室里，里面全是长方形镜子。

我叹了一口气，疲惫地脱下了我在葬礼上穿的衣服。我越来越无法忍受那家店里顾客的聒噪声。她们高谈阔论，在更衣室里听起来好像放大了一样。我犹豫了一下，脱下了前一天晚上穿上的我母亲的旧内裤，换上了我在母亲包里找到的蕾丝内裤。那条内裤我穿上大小正合适，我用手指轻轻摸了一下侧面撕裂的地方，这可能是阿玛利娅试穿时裂开的。我穿上了那条赭红色的裙子，裙子很短，在膝盖上五厘米的地方，而且领口很大。我穿上那条裙子，一点儿也不紧，它贴着我消瘦紧绷的皮肤，使我的身体变得柔软。我从更衣室里出来，把衣服扯到一边，盯着自己的小腿，大声说：

"您看看，就是这样，侧面这里有点紧……另外它太短了。"

那位年轻女店员旁边出现了一个男人，看起来四十多岁，留着黑色的小胡子，至少比我高二十厘米，肩膀和胸脯都很壮实。他的五官和身体线条都是鼓起来的，充满威胁，但他的目光并不令人讨厌，而是很活泼，让我有一种似曾相识的感觉。他用电视上那种标准意大利语对我说话，但语气毫不客气，没有一丝他在其他顾客面前表现出的亲密，他很生硬地用了尊称。

"您穿着很合适啊，一点儿也不紧。这个款式就是这样的。"

"就是款式的问题，我觉得不合适。我当时没来，是我母亲选的……”

“她很有眼光。您就穿着这件衣服吧，让您增色不少呢。”

我默默盯着他看了一会儿。我觉得我应该做些什么，不是针对他，就是针对我自己。我瞥了一眼其他顾客，我把裙子拉起来，拉到腰上，转向其中一面镜子。

“看看我的内裤，”我指着镜子里的内裤，“太紧了。”

那个男人的表情和语气都没变：

“我不知道该怎么跟您说，您看，您连收据也没有。”他说。

看到镜子里纤细、赤裸的腿，我把裙子放了下来，很不自在。我捡起旧衣服和内裤，把所有东西都放进袋子里，并在袋子底部寻找阿玛利娅的身份证。

“您应该记得我母亲。”我掏出文件，在他眼前打开。

那个男人快速看了一眼，似乎失去了耐心，他换成了方言。

“亲爱的女士，我们不能在这儿浪费时间。”他说着把身份证还给我。

“我只是问您……”

“售出的货物不能更换。”

“我只是在问您……”

他轻触了一下我的肩膀。

“你在开玩笑吗？是来找事儿的吗？”

“你敢碰我一下……”

“噢，你真是想找事儿……走吧，带上你的东西和身份证。

谁派你来的？你想要什么？告诉派你来的人，让他亲自来取，到时我们看看！还有，这是我的名片，我叫伯雷德罗·安东尼奥，这上面有我的姓名、地址、电话号码。你要么在这里找我，要么在家里找我。行吗？”

这是我很熟悉的语气，紧接着他就会用力推我，肆无忌惮地打我，不管我是男是女。我带着适度的蔑视，从他手中夺过身份证，想搞清楚是什么让他如此烦躁。我瞥了一眼我母亲身份证上的照片，她额头上的刘海，还有脸颊两边精心梳理的长发被仔细刮掉了，她头部周围的白底色，有人用铅笔描成了朦胧的灰色，而且把她的脸部线条画得更硬朗，照片中的女人不是阿玛利娅，而是我。

12

我拖着手里的袋子走到街上。我意识到，自己手里还拿着那张身份证，我把它放回塑料证件袋里，把伯雷德罗的名片也随手放到了里面。我把证件袋塞到了包里，环顾四周，有些茫然无措。我很高兴，菲利波舅舅真的在街角等我。

但我马上就后悔了。他睁大眼睛，张大了嘴，露出几颗被尼古丁熏黄的、长长的牙齿。他很震惊，他的惊异很快就变成了反感。我一时无法理解他为什么会这样，后来我意识到，原因是我身上的裙子。我努力露出一个微笑，当然是为了安抚他，也是为了消除我对自己的脸失去掌控的感觉：我的脸是由阿玛利娅的脸改造的。

“我穿这衣服很难看吗？”我问。

“不难看。”他闷闷不乐地说，明显是在撒谎。

“怎么啦?”

“我们昨天才埋了你母亲。”他很大声地提醒我。

我想告诉他，那件衣服就是阿玛利娅的，但这会让他更生气，对我也没什么好处。他肯定又会对妹妹大加斥责，我及时预料到他的反应。我告诉他:

“我太抑郁了，想给自己买个礼物。”

“你们女人太容易抑郁了。”他忍不住说。他说“太容易”时，马上就忘记了他刚刚提醒我的事:我们才埋葬了我母亲，我有充分的理由感到抑郁。

再说，我一点也不抑郁。我反倒觉得，我好像把自己弄丢了，再也找不到了。我手忙脚乱，行动匆忙，像只无头苍蝇到处乱撞，好像没时间可以浪费了。我想喝杯安神茶，可能会有好处，我把菲利波舅舅推进了在斯卡拉蒂大街遇到的第一家咖啡馆。他开始谈论他妻子:她总是很悲伤，但很勤快、坚强、细心、整洁，就是很悲伤。然而，咖啡馆那个封闭的地方，让我感觉似乎嘴里咬着一块棉絮，浓烈的咖啡味以及顾客、服务员的聒噪声，让我不得不又走了出去。舅舅已经把手插在上衣口袋里，大喊:“我付钱!”我在人行道上的一张桌子前坐下。周围是刺耳的刹车声，空气中弥漫着马上要下雨的气息，还有汽油的味道，我眼前是拥挤的公共汽车在缓慢行驶，速度和步行差不多。人们匆匆从我眼前经过，有的会不小心撞到桌子上。“我来付钱。”菲利波舅舅有些虚弱地重复说。我们还没有点喝的，我怀疑服务员永远都不会出现。他在椅子上坐好，开始自我吹嘘：“我一直是个毫不泄气的人。没有钱？那就过没有钱的日子。少一只手？那就过少一只手的日子。没有女人？那就过没女人的日子。最重要的是有一张嘴和两条腿：想说就说，想去哪儿就去哪儿。你说我说得对不对？”

“很对。”

“你母亲也是这个性格，我们家的人不会泄气。她小时候经常受伤，但她不会哭。母亲教我们在伤口上吹气，重复说会好的。她在缝纫机前干活被针刺伤，仍然是这样的习惯，她说：会好的。有一次，缝纫机的针头刺穿了她的食指，针头上来下去，一共刺穿了三四次。好吧，她停下了踏板，把针头拔出来，包扎好手指，又继续干活了。我从来没见过她垂头丧气的。”

这就是我听到的全部。我觉得我的后颈好像伸进了身后的商店橱窗。即使我对面的“世界纳”商店的粉色墙壁看起来很鲜艳，像刚涂抹上的颜色。我的注意力转移到了斯卡拉蒂街道的噪声上，街上的声音掩盖了舅舅的声音。从侧面望去，我看到他的嘴唇在动，但没有声音。他的嘴唇就像橡胶做的，里面有两根手指在控制着它们。他已经七十多岁了，生活中没有什么让人满意的事，但他尽量让自己满意，也许他真的很满意。他开始喋喋不休，嘴唇微微的蠕动让他滔滔不绝，他真感到满意。有那么一刹那，我惊恐地想到作为生物的男人和女人。我想象那些雕刻家把我们打磨得像象牙一样光滑，打磨成没有孔洞，没有曲线，没有身体特征，没有身份，没有什么细小的差异可以参照，男女都一样。

我母亲手指受伤的那次，我还不到十岁，因为这个细节，我对她手指的记忆比对我自己的手指还要清楚。那根手指是紫色的，月牙的地方似乎陷下去了。我一直都渴望吮吸它，比吮吸她的乳头的渴望更强烈。如果我当时很小，也许她会让我吮吸，不会躲开。她的指尖上有一道白色的疤痕，那是伤口发炎了，被切了一刀。我可以闻到周围散发着那台缝纫机的味道，那台缝纫机就像一只优雅的动物，有点像猫，也有点像狗，有裂纹的皮绳散发着的皮子的味道。母亲踩缝纫机时，皮绳将踏板运动从大飞轮传到小飞轮，机头上的针在上下翻飞，线飞速跑过它的“鼻孔”和“耳朵”，线团在背上的转轴上飞快旋转。我可以嗅到用来滋养它的油，我会用指甲刮下沾着灰尘和机油的黑乎乎的东西，偷偷吃掉它。我想把自己的指甲也刺破，让她明白，拒绝我想要的东西是很危险的。

我记得很多事，可以展示我们之间无限的、微小的差异，这使她无法企及。而这一切又使她成为一个被渴望的对象，在外面的世界是这样，在我面前也一样。曾经有一段时间，我想象自己咬掉了她那根特殊的手指，因为我没有勇气把自己的手指放在缝纫机下面。我没有得到的东西，我想从她身体上抹去。这样一来，没有任何东西会远离我，会遗失或消失，因为一切都已经失去了。

现在她已经死了，有人刮掉了她身份证上的头发，使她的脸变形，把她变成了我的样子。在后来的那些年中，因为仇恨和恐惧，我渴望抹去她在我身体里扎下的根须，包括那些最深层的东西：她的动作、音调，她拿杯子和喝水的方式，她怎么穿裙子，怎么穿衣服，她在厨房里，在抽屉里摆放物品的顺序，她清洗私处的方式，她喜欢吃的东西，讨厌的东西，喜欢的东西，然后是她的语言、城市、呼吸的节奏。我要成为自己，要从她身上脱离出来，一切都需要重建。

另一方面，我一直不想也无法和任何男人建立亲密关系。再过一段时间，我也会失去怀孕生孩子的可能了。我和任何人分开时，都不像与母亲分离那样痛苦，真实原因是我从未能彻底依附于她，我将保持这种状况，一直到最后。我不会和我所创造的做这些清算，因为我没有孩子。我不幸福，我对从阿玛利娅的身体里获取的东西感到不满。我设法从她身上抢来的战利品，我从她的血液、肚子、呼吸中夺来的东西很少，对我来说太少了，远远无法让我满足。我把这些东西藏在我的身体里，藏在大脑中那些难以掌控的物质里。这还远远不够，把被迫逃离一个女人身体的行为称为“我”，这是多么天真，多么轻率啊。尽管我从她身上得到的东西少得可怜，但我根本不是我。我很困惑：既然她不在了，也不能反驳，我不知道，在讲述这件事时发现的东西是让我惊恐还是高兴。

13

我忽然醒过来了，也许因为雨落在我脸上，或者因为菲利波舅舅站在我身边，用他唯一的手摇晃着我的胳膊，让我醒来。事实是，我觉得像受到了一阵电击，才意识到我刚才睡着了。

“下雨了。”我支吾着说，舅舅继续愤怒地摇晃着我。他在大喊大叫着什么，含混不清，我听不懂他在说什么。我感到虚弱、害怕，无法站起来。人们纷纷跑来躲雨，那些男人或大喊大叫，或在嬉笑，他们奔跑时，经常会撞到我面前的桌子。我觉得很危险，担心他们会撞到我。有个人撞到了刚才菲利波舅舅坐的椅子上，让它往前飞了一米。“真是个美好的季节。”那人说着走进了咖啡馆。

我试图站起来，以为舅舅要拉我起来，但他放开了我的胳膊，踉踉跄跄地穿过人群，跑到人行道边上，在那里破口大骂。他伸出手，指着街道另一边，雨点正砸在拥堵在路上的汽车和公共汽车上面。

我很费劲地站了起来，拿起了手提包，还有那个大塑料袋。我想看看是谁让他那么激动，但车流形成了一堵墙，而且雨越下越大，挡住了视野。我贴着楼房的墙壁向前走，以免被淋湿，并在堵着的公共汽车和汽车之间找到一个空隙。我看向街道那边，看到卡塞尔塔站在“世界纳”的红色圆球那里。他弯着腰向前走，身体好像要折在一起了，但速度很快，他不断回头，好像在担心别人跟着他。他有时会撞上路人，但他似乎并不在意，也没有放慢脚步。他弯腰驼背，甩开双臂，每一次撞上什么，他都会打个转，并不停下来，仿佛是一个装了轴的人像，有个秘密机关，让他沿着石板面路飞速前行。从远处看，他似乎在唱歌和跳舞，但也许他只是在骂人，用手比画着什么。

我加快脚步，以免失去他的踪迹，但这时所有的路人都挤在商店门口、前厅，以及头顶上有屋檐或阳台的地方。为了加快脚步，我不得不放弃所有避雨的地方，走到雨中。我看到卡塞尔塔跳着，躲过一家花店放在人行道上的植物花盆。他没有成功，绊了一下，最后撞到了一棵树的树干上。他停了一会儿，好像粘在了树皮上，然后他好像强行把自己从树皮上扯下来似的，又开始跑。我不知道他在害怕什么，我想他一定是看到了我舅舅，正在试图逃跑。也许这两位老人在玩他们年轻时经历过的事情：一个在追赶，另一个在逃跑。我想，他们会在湿淋淋的人行道上打斗，在泥地里翻滚。我不知道在这种情况下，自己会有什么反应，应该做什么。

在斯卡拉蒂大街和卢卡·乔达诺街的交叉口，我意识到卡塞尔塔已经从我的视野里消失了。我用目光寻找菲利波舅舅，但也没看到他。于是我穿过斯卡拉蒂大街，那里已经堵成长长的车队，一动不动，一直堵到万维泰利广场，看起来就像个问号。我沿着另一边的人行道，跑到第一个十字路口。天在打雷，但没看到闪电，雷声就像忽然撕开布料的声音。我在梅里亚尼大街的尽头看到了卡塞尔塔，他靠着弗洛丽阿娜公园的白墙站着。那里有一块红蓝相间的大广告牌，雨点落在他身上。我跟着他跑，这时有个年轻人突然从一个门洞下走出来，笑着拉住我的胳膊，用方言说："你在跑什么？过来让我帮你擦干！"我挣脱了，那种撕裂是如此强烈，以至于我感到锁骨很痛。我的左腿打滑了，但没有摔倒，因为撞到了一个垃圾桶上。我用力摆脱了他的拉扯，身体重新获得了平衡，用让自己都感到惊讶的方言骂了他一句。当我到达公园围墙那里时，卡塞尔塔几乎在路尽头，离正在修缮的缆车站只有几米远。

我停下来，心跳得很快。他现在不紧不慢沿着那排梧桐树前行，绕过停在路右边的汽车。他很艰难地向前走着，低着头，弯着腰，很费力地向前走着，腿很有耐力，简直不像他这个年龄的人。他实在走不动时，会靠在建筑工地的围栏上，气喘吁吁。我看到他的身体扭动着，从那个角度看，就好像有一根钢管从他的白色脑袋里钻出来。那根钢管上挂着一块牌子："基亚亚缆车万维泰利广场站的拆除和重建工作正在施工。"我确信，他没力气从那里走开，这时有什么东西再次惊动了他。他用肩膀撞了撞围墙，似乎想冲破围墙，从缝隙中逃走。我向左看去，想看看是谁让他这样害怕：我希望是我舅舅，但不是他。在雨中，从贝尔尼尼街过来的是伯雷德罗——沃氏姐妹商店的那个男人。他对着卡塞尔塔喊了一句什么，一会儿对着他挥手，让他停下来，一会儿张开一只手，在威胁他。

卡塞尔塔跳了一下，重心从一只脚放到另一只脚上，他四处看了看，寻找出路。他似乎决定回到西马罗萨大街，但他看到了我。他不再惊恐，他梳理了一下雪白的头发，好像突然间准备好面对伯雷德罗和我。他背对着工地的围墙向前走，背对着一辆停在那里的汽车。我也开始奔跑，因为我看到伯雷德罗在灰色的石头路面上跑动，仿佛是在滑冰。他身体健壮又灵活，在万维泰利广场入口处黄色铁架子那里奔跑。但就在这时，我舅舅出现了，他从一家炸鱼店里走出来，刚才一定是在那里躲雨。他看到了我便向我跑来，在雨中大步流星地走着。他忽然出现在沃氏姐妹商店的那个男人面前，不可避免地碰到了他。两人撞上之后，他们互相拥抱，不让对方摔倒，他们一起转身，试图找到一个平衡点。卡塞尔塔趁着这个机会，在圣菲利采街闪闪发亮的雨中，钻进了缆车入口处躲雨的人群中。

我拿出了仅有的一点力气追了上去，也挤到了拥挤的人群之中。因为下雨，地上全是黑乎乎的泥浆。缆车即将启动，乘客们相互推搡着走向售票机。卡塞尔塔正在下台阶，但经常停下来，伸着脖子向后看。他突然把一张扭曲的脸转向走在他旁边的人，嘶吼着说些什么。或者他是在自言自语，但声音极力压低，右手拇指、食指和中指并拢，伸出这三根手指上下移动，用这个手势在询问着什么。有几秒钟，他白白等待着答复，但没有人理会他，最后他又开始向下走。

我买了票，冲向那两个明亮的黄色车厢。我没有看到他进入的是哪个车厢。我走到第二节车厢的中间，但没找到他，我决定向里面走，试图在乘客中打开一个通道。空气很潮湿，混合着汗水和湿衣服的味道，我看着四处，寻找卡塞尔塔。但这时候，我看到伯雷德罗一步两个台阶向这边走来，我舅舅跟在他身后，不知道在喊什么。他们只来得及进入第一个车厢，门就立即关闭了。几秒钟后，他们出现在我所在车厢长方形玻璃的对面。沃氏姐妹商店的男人正愤怒地四处张望，我舅舅拉着他的胳膊，缆车开动了。

14

缆车厢是新的，和我小时候乘坐的缆车完全不同。唯一保留的是平行四边形的形状，似乎是遭到了猛烈的冲击，整个正方形结构向后投射出去了。但当缆车下降到前面的斜井中时，我可以听到吱吱作响、震动和颠簸的声音。无论如何，悬挂在钢绳上的车厢，沿着斜坡向下滑去，速度很快。之前那种慢悠悠、吱吱扭扭的车厢下降速度和现在相比，简直不可同日而语。在我看来，之前的缆车就像在山体表面上进行小心翼翼的探测，现在变成了粗暴的注射。我有些厌烦地感觉到，我与阿玛利娅一起坐缆车的愉快记忆正在逐渐消失。那时她已经不再做手套了，而是带着我，去给沃梅罗区的有钱人送去缝好的衣服。她把自己打扮得漂漂亮亮，看起来不亚于她为之服务的那些太太。而我又瘦又脏，或者说，我感觉自己当时就是那样的。我坐在她身边的木椅上，腿上放着她正在做的或刚做完的衣服。那些衣服用包装纸包着，两端用别针固定，为了避免起皱，它们整齐地摆放在我的腿上。包着衣服的袋子放在我怀里，就像个保险箱，里面锁着我母亲的味道和热气。我接触到包装纸的每一寸皮肤，都能感受到它，当时这种接触，伴随着缆车的抖动，让我有一种慵懒的感觉。

而现在，我感觉自己像一个年老的“爱丽丝”，在追随白兔的过程中，正在飞速下坠。我做出了反应，我努力离开了窗口的地方，来到了车厢中间。我是在车厢比较高的地方，在隔开的第二个车厢里。我试着往车厢中部走，那些乘客用很厌烦的目光看着我，充满敌意地躲开我，仿佛我身上有什么令人厌恶的东西。我艰难地向前走了几步，最后放弃了，我用目光寻找卡塞尔塔，我在车厢尽头发现了他。在最后一节车厢一个宽阔的地方，他站在一个二十多岁的女孩身后，那姑娘看起来很羞怯，我看到他的侧面轮廓，也看到那个女孩的轮廓。他看起来就像一位年事已高的绅士，在安静地阅读被雨淋湿的报纸。报纸折了两道，他用左手拿着它，右手紧紧抓住有些发黑的金属扶手。但我很快意识到，跟随车厢的摆动，他的身体越来越接近那个年轻女子的身体。他的背部是拱起的，腿张开着，腹部靠在她的臀部上，没有任何理由说明，这种接触是无意的。尽管很拥挤，但他身后有足够的空间，可以让他保持应有的距离。那个女孩带着怒容转过身来，身体往前移动了一点，以逃避他的猥亵，而那老头并没有死心。他等了几秒钟，继续用身子向前凑，再次用他蓝色长裤挨着那女孩的牛仔裤。那女孩用手肘顶了一下他的肋骨，但不是很用力。他继续不动声色地假装看报纸，用腹部紧紧顶在她身上。

我转过身去，寻找我舅舅。我看到他在另一节车厢里，正张着嘴，专注地看着眼前的情景。在他旁边的人群中，伯雷德罗正在敲打着玻璃，也许他是想吸引卡塞尔塔，或者我的注意。他不再有在内衣店里趾高气扬的神态，看起来就像个受到羞辱、窘迫不安的男孩，被迫站在窗户后，观看一个让他痛苦的场面。我的目光从他身上转向卡塞尔塔，感到很困惑。我感觉他们嘴唇的颜色很像，都因为紧张而变得有些僵硬，但我很难让这种印象固定下来。缆车摇摇晃晃地停了下来，我看到那个女孩向出口移动，几乎是在向门外跑去。卡塞尔塔就像粘在她身上一样，在车厢里人们惊讶的目光中，还有几声神经质的笑声中，他弓着腰，张着腿，跟在她后面。年轻女子跳出了车厢，那老头犹豫了一会儿，然后转过身来，抬起头来。我以为，他这样做是因为伯雷德罗疯狂地敲击着玻璃，然而他就像一直知道我所在的位置一样，在人群中一下子就搜索到了我。这时人群已经掀起了一阵鄙夷的声音，他对着我欢快地眨了眨眼睛，似乎想让我知道，他上演的哑剧是给我看的。他突然溜出了车厢，就像决定不再按剧本演戏的演员一样。

我注意到，伯雷德罗也试图下车。我也想走到门跟前，但我离出口很远，被上来的人流推了回来。缆车再次启动，我抬头一看，发现沃氏姐妹店的男人也没能下去，但菲利波舅舅下去了。

15

在有些老人的脸上，很难发现他们年轻时的轮廓，有时甚至无法想象他们年轻过。当缆车继续下行时，我意识到，刚才我的目光从伯雷德罗落到卡塞尔塔身上，再看向伯雷德罗，现在我的脑海里浮现出第三个人，他既不是卡塞尔塔，也不是伯雷德罗。他是个年轻人，橄榄色皮肤，头发乌黑，穿着一件驼绒大衣，那个幻影很快就散开了。这是我在两张面孔上看到的一些特征带来的错觉，就好像我的目光在卡塞尔塔和沃氏姐妹商店店员的颧骨之间，在两个男人的嘴之间滑动，意外产生了混淆。我摇了摇头，我做了太多不该做的事，我刚才犯了一个错误，一时激动跑了起来，才会出现这种情况。我想尽量让自己平静下来。

几分钟后，基亚亚站出现了，那是座混凝土掩体，光线很暗。我准备下车，但仍觉得内心不平静。现在，阿玛利娅正盯着我脑子里浮现的幻影，我做出了让步。阿玛利娅站在那里，在四十年前老车站的角落里，看起来很急迫。我仔细盯着她所处的背景，仿佛在玩一个拼图，有些细节还需要推敲：我看到了她散开的头发，彩色木头广告牌上有三个人像，前面有个黑暗的轮廓。也许在差不多半个世纪前，广告牌就已经在那里了，为一些服装商店做广告。这时，我走出了车厢，几乎是被不耐烦的乘客推着下台阶的。尽管空气闷热，但我感到浑身冰冷，就像身处温室或墓穴之中。

现在，阿玛利娅彻底出现在我眼前，她很年轻，身体柔软。她在车站入口处，而那个车站和她一样，已经不存在了。我停下脚步，让她有时间凝视那个广告牌：那也许是一对优雅的夫妇，带着一条拴着绳子的狼狗。是的，他们是纸板和木头制成的，有两米高，不到一厘米厚，背后有支撑杆。在混乱中，我临时添加了大量细节，给他们上色，穿上不同的衣服。我觉得，那个男人穿着威尔士亲王款式的外套和长裤，驼色大衣，一只戴手套的手攥着一个手套，头上戴着很合适的毡帽。女人可能穿着一身深色套装，戴着一条蓝色围巾，上面有一道精致的彩色网子，她头上戴着一顶带羽毛的帽子，面纱后有一双深邃的眼睛。狼狗蹲坐着，耳朵警惕地竖着，贴着男主人的腿。他们都站在车站大厅里，两个人和他们的狗都流露着健康、满足的神情。大厅很灰暗，布满灰尘，被一道黑色的栅栏一分为二。在离他们几步远的地方，光束从上面的台阶之间落下，使缓缓从隧道里出来的绿色（或红色）的缆车熠熠生辉。

我走下台阶，走向自动栅栏门。后来的事，发生在很短时间内，但感觉在无限延长。伯雷德罗动作很笨拙，拉着我的一只手，抓住了手腕下面一点，我在转身之前，就已经确定是他了。我听见他要我停下来，但我没停下。他告诉我，我们彼此很熟悉，他是尼古拉·伯雷德罗的儿子。他担心这些信息还不足以让我停下脚步，就补充说："我是卡塞尔塔的儿子。"

我停了下来。阿玛利娅也在那个广告牌前停了下来，她嘴半张着，洁白的牙齿上沾着一点口红，她有些迟疑，不知道该用讽刺的语气做出评论，还是惊叹一下。广告牌上，那对木头和纸板做成的夫妇在台阶下，在左边，让人远远看着。尽管我看不到自己，但我觉得我就在母亲身边。我相信，那对夫妇是缆车的主人，来自遥远的地方，他们是如此不同寻常，与周围环境格格不入，他们的肤色和人种如此不同，似乎来自另一个国度。四十年前，我可能觉得，他们提供了一种逃离的可能，证明还存在其他地方，可以让我和阿玛利娅在想去的时候去。我当然认为，我母亲那么用心观看那俩人，一定也在研究如何带着我逃走。但后来我怀疑，她待在那里，是出于其他原因：她也许只是为了研究那女人的衣服，还有她的姿态。她可能想仿照那件衣服，给自己缝制一件，或者学习以那种方式打扮自己，随意地站在那里，等待缆车的到来。几十年后，我痛苦地感觉到，在那里，在车站的角落里，我根本没能了解她的内心、她的想法，我无法呼吸着她的气息，思考着她的问题。当时，她的声音只对我说：做这个，做那个。但我不再是那个口腔的一部分，决定哪些声音应该让外面的世界听到、哪些声音应该闷在心里，这让我很难过。

伯雷德罗的声音传过来，就像猛推了我一把，那种痛苦让四十年前的车站影像也颤抖了一下。那些图像化成了彩色的粉尘，消散了。许多年后，那种衣服和姿势已经从世界上消失了。那对夫妇和那条狗一起被带走了，好像在徒劳地等待之后，他们厌烦了，决定回到远方的城堡里。我发现，要让阿玛利娅保持静止不动，这很难。此外，就在伯雷德罗停止说话之前，我意识到我搞混了，纸板上，那个女人的深色衣服和围巾不是她的，而是我母亲的。很久以前，阿玛利娅有时会把自己打扮得很优雅，好像是为了赴一场很重要的约会。现在她半张着嘴，牙齿上几乎没有口红的印子，她盯着的不是广告牌，而是那个穿驼绒大衣的男人。男人在对她说话，她也在回应。他们在交谈，但我不明白他们之间在说什么。

伯雷德罗以一种讨好的语气对我说话，迫使我听他说。我目不转睛地看着他，但我无法把注意力放在他身上。他饱满的五官上有他父亲年轻时的影子，他不知不觉中提醒了我，给我展示了卡塞尔塔当年的样子，让我想象，卡塞尔塔和我母亲在基亚亚站被摧毁的空间里见面。我摇了摇头，伯雷德罗一定以为我不相信他，事实上，我不相信的是我自己。他不断重复说："是我，我是安东尼奥，卡塞尔塔的儿子。"我意识到，那些木头和纸板做成的人像，实际上只是一些从来没有实现的承诺，一些不存在的异域。它们像布里尔牌鞋油擦过的鞋子一样闪闪发光，但没有细节。那广告牌上可能是两个男人的剪影，也可能是两个女人的剪影。无所谓，也可能没有狗，他们的脚下可能是一片草地，也可能是一条人行道。我甚至不记得他们是给什么做广告，我已经什么也不记得了。我想出来的细节——我现在确信——并不属于他们：那只是一些衣服和动作随意拼接的结果。现在唯一清晰的是那张年轻英俊的面孔，橄榄色的皮肤、黑色的头发，融合了伯雷德罗父子的一些特征。卡塞尔塔很客气地和阿玛利娅交谈，他拉着安东尼奥的手，他儿子和我一样大。我母亲带着我，当然没意识到我的手在她手里。我可以看到卡塞尔塔的嘴在快速张合，可以看到他的红色舌头，下面有青筋拉扯着，防止舌头向阿玛利娅伸过去。我意识到，在我的脑子里，缆车站的纸板人穿着卡塞尔塔的衣服，他的同伴穿着我母亲的衣服。那顶带着羽毛和面纱的帽子，出现在那里之前，一定是经过了很多历程，不知道来自哪场婚礼。我无视那条围巾的来历，但我知道，它很多年来一直围在母亲的脖子上，沿着一边的肩膀垂下来。至于那套衣服，我母亲缝了拆，拆了缝，翻来覆去地改，那是阿玛利娅坐火车去罗马看我，庆祝我生日时穿的那套。有多少东西可以穿越时间，幸运地脱离人们的身体和声音，我母亲懂得让衣服永远存在下去的艺术。

我最后决定和伯雷德罗交谈。在长时间的漠然之后，我亲切的语气让他惊讶：

“我记得很清楚，你的确是安东尼奥。我怎么可能没马上认出你呢？你的眼睛和以前一样。”

我笑了笑，表示我对他没有敌意，但也想看看他是否对我怀有敌意。他疑惑地盯着我，我看到他准备弯下腰来，亲吻我的脸颊，但后来放弃了，好像我身上有些东西让他厌恶。

“怎么了？”我问沃氏姐妹店里的男人，刚开始的紧张感消失了，他用带着一丝讽刺的目光看着我，“你不喜欢我的裙子了？”

伯雷德罗犹豫了片刻之后，下定了决心。他笑了笑，对我说：

“你看看你成什么样子了，你看到自己的样子了吗？跟我来吧，你不能像这样在外面乱跑。”

16

他把我推向缆车站出口，匆匆忙忙走到出租车站。人们挤在地铁车站棚下躲雨，天空是铁青色的，风很大，把眼前细密的雨帘吹得斜向一边。伯雷德罗让我上了一辆散发着烟臭味的出租车。他说话很快，很坚决，没有给我留任何反驳的余地，似乎确信我一定对他说的事很感兴趣。但我心不在焉，无法集中注意力，我感觉他在夸夸其谈，没有一个具体的主题，他只是想表现得很潇洒，这样可以遏制住焦虑。我不想让他把焦虑传递给我。

他用一种郑重的语气，代表他父亲向我道歉。他说，真拿他父亲没办法，老了之后，他脑子就彻底坏掉了，但他马上向我保证，那老头并不危险，也没有恶意。他父亲的确无法控制，这一点需要承认，老头身体健康强壮，总是到处走动，不可能让他停下来。当他父亲设法从他那里偷到足够的钱，就会消失几个月。突然间，他又开始罗列卡塞尔塔的很多罪状，他不得不解雇几个收银员，因为他们被他父亲贿赂或蒙骗。

伯雷德罗说话时，我闻到了他的味道，不是真正的味道，因为他的气息已经被出租车上的汗味和烟草味淹没了。那是记忆中的味道，是甜食和香料店里散发的味道，我们小时候经常一起在那里玩耍。那家店是他爷爷开的，离我父母居住的房子只隔着几栋楼。商店的牌子是木质的，涂成蓝色，在“殖民地”这几个字的两边，是一棵棕榈树和一个嘴唇很红的黑人妇女。那个店铺的牌子是我父亲二十岁时画的，他还在商店柜台上涂上了一种颜色，叫做“锡耶纳焦土红”，说是代表了沙漠。在沙漠上，他画了许多棕榈树、两只骆驼、一个穿着撒哈拉长袍和靴子的人、瀑布一样的咖啡、非洲舞者、蔚蓝的天空和一轮新月。从我家里出去，不用费多大工夫，就能来到这一景观面前。那时候，孩子们在街上乱跑，无人看管。我走出楼下的院子，转过街角，推开门。那道门是木头做的，上面有玻璃，有一根金属棍斜着横在上面，推开门就会听到“叮铃”声。我走进去，门在我身后关上了。门上突出的地方包上了布，也可能包的是橡胶，防止关上时发出哐啷声。空气中弥漫着肉桂和奶油的味道，商店门边上有两个口袋，边缘向外卷着，里面装满了咖啡豆。在大理石台面上，放着一些精致的玻璃瓶子，玻璃上有浮雕，里面装着白色、天蓝色、粉色的糖衣杏仁，还有太妃奶糖，入口即化的五彩糖珠；黑色的甘草糖棒散放着，摆成鱼或船的形状。当出租车在风雨交加、水流成河、车流拥挤的街道上艰难行驶时，我无法把各种情绪融合在一起：我对卡塞尔塔红色舌头的厌恶，我和安东尼奥小时候玩的让人心跳的游戏，随之而来的暴力和血腥，还有伯雷德罗呼吸中慵懒的味道。

现在，他正替他父亲辩解。“有时，”他告诉我，“他是会骚扰到别人，但耐心一点就好了。如果没有耐心，很难在这个城市生活。再说，老头儿并没给别人造成很大伤害，损失最大的不是别人，而是他儿子。他骚扰顾客，给沃氏姐妹商店带来了很大损失。”说到这一点，他眼睛变红了。我想如果这时卡塞尔塔落在他手里，他一定会忘记那是他父亲。他问我，他父亲是否骚扰了我？他父亲会不会没有意识到我是阿玛利娅的女儿？伯雷德罗只用了几分钟就搞清楚了状况。他说：“你不知道，我见到你有多高兴。”他刚才从店里追了出来，但我已经不见了，他反而看到了他父亲，这让他气不打一处来。他说，我无法理解他的处境，他现在在沃氏姐妹店里的位子要保不住了，未来都快要断送了。如果他告诉我，他简直一刻也不能安宁，我会相信他吗？但他父亲根本就没意识到，他在这家店的经济和情感方面的投入。他父亲的确没有意识到，他只是缠着儿子不断要钱，不管白天晚上，都会打电话威胁他，故意骚扰他的客户。另一方面，我不应该觉得他总是像我在缆车上看到的那样。如果他愿意，会很有风度，是位真正的绅士，这样那些老太太才愿意理他。如果他翻脸了，那就麻烦了。因为父亲的缘故，他损失了很多钱，但能怎么办呢？能杀了他吗？

我不以为然地对他说，是呀，当然了，不，你在说什么啊？我感到很不自在，我的衣服已经湿透了。我从出租车的后视镜中瞥见了自己，我意识到，雨水让我的妆化开了。我的皮肤看起来像一块起皱褪色的布料，黑青色的睫毛膏在脸上留下一道道痕迹。我感觉很冷，我更愿意回到舅舅家，看他怎么样了，好让自己放心，洗个热水澡躺下。但我身边那具壮实的身体，塞满了食物和饮料，充斥着忧虑和怨恨，但其实，他身体里藏着一个孩子，散发着丁香、桂皮、肉豆蔻的味道。我小时候，经常和他一起拿着这些香料玩耍，我对当年那个小男孩更感兴趣，而不是眼前这个男人说的话。我排除了一种可能，就是他会告诉我一些我不知道的事，我对此没寄予任何希望。但我看到那双巨大、宽阔、结实的手，就想起他小时候的手，我感觉它们是同样的手，尽管没有留下任何小时候的痕迹。我甚至抑制住自己的好奇，没问他我们要去哪里。在他身边，我感到自己变小了，我的目光和身体在很久之前就不属于我了。我靠近“殖民地”商店画着沙漠的柜台，拉开黑色的帘子，进入另一个空间。在那里，我听不到伯雷德罗的话。他祖父在那里工作，那是卡塞尔塔的父亲，古铜色皮肤、秃头，但头皮也是黝黑的，眼白的地方是红色的，脸很长，嘴里只剩下几颗牙齿。他周围放着各种神秘的机器，其中一台机器很长，天蓝色的，上面装着一把亮闪闪的手柄，那是用来制作冰淇淋的。另一台机器是用来做奶黄酱的，一条机械臂在一个大桶里旋转。店铺最里面是一台有三个格子的电烤箱，上面有黑色的旋钮，关闭时，窥视孔黑乎乎的。在一张大理石柜台后面，安东尼奥的祖父阴沉着脸，一言不发，用娴熟的手法挤压着一个布质裱花袋，从带齿的袋口流出奶油，在糕点上和蛋糕周围延伸，留下美丽的波浪形痕迹。他干活时，根本无视我的存在，我感到一种没人注意的快乐。我用手指在蛋黄酱的桶里挖一点来吃，吃一块糕点，拿一块蜜饯，偷一些用银纸包着的糖果，他眼睛都不眨一下。直到安东尼奥出现，他向我招手，打开他祖父身后通往地下室的小门。在地下室里，那个满是蜘蛛网和霉味的地方，穿着驼绒大衣的卡塞尔塔，还有穿着深色套装的阿玛利娅经常会出现，每次都出现几秒，但他们会出现上百次，我母亲有时戴着帽子和面纱，有时不戴。我看到他们，会闭上眼睛。

“我父亲最近一年才好些了，”伯雷德罗说，他可能准备夸大其词，以获得我的好感，“阿玛利娅一直对他很客气，她很善良，真是让我感到意外。”

“这也是事实，”他改变了语气，继续说，“老头从我这里偷一些钱，把自己打扮得人模人样，就是为了给你母亲留个好印象。”伯雷德罗对他损失的钱没什么抱怨，但他担心他父亲做的事儿，担心他很快就会遇到大麻烦。不是麻烦，是真正的不幸：阿玛利娅不应该那么做，她不该自溺。她为什么要那么做呢？太可惜，太可惜了！她的死是一场可怕的不幸。

这时，伯雷德罗似乎一下子想起我母亲的事，他开始为没来参加葬礼、没有表示哀悼而道歉。

“她是个了不起的女人。”他重复了好几次，尽管他们可能从未说过话，然后他问，“你知道她在和我父亲来往吗？”

我看着窗外，我说，我知道他们在来往。我看到自己躺在母亲的床上，拿着小镜子，用惊异的目光看着自己的阴道，我看到阿玛利娅犹豫地看了看我，不慌不忙地关上了卧室的门。

现在，出租车沿着灰蒙蒙、车来车往的沿海路行驶。车速很快，车流很密集，风雨拍打着车子。大海掀起了高高的浪花，我小时候很少在海湾看到那么澎湃壮阔的海浪，很像我父亲那些画得夸张的画，波浪暗暗涌起，推动着白色的浪花，毫不费力地越过石头海堤，有时甚至溅到路面上。这一景象引来了一群好奇的围观者，他们在一顶顶雨伞下面，指着在礁石上摔成碎片的浪花，欢呼雀跃。

“是的，我知道。”我更加坚定地重复道。

他沉默了一会儿，有些惊讶，又继续滔滔不绝地讲述他的生活，很糟糕的生活，破碎的婚姻，已经有三年没见着孩子了，很艰难。现在他才重新爬起来，生活才有点起色，有了一点结果。你呢？结婚了吗？有孩子吗？怎么会呢？是不是更喜欢自由独立的生活？你很幸运。他说，现在你收拾一下，我们一起吃午饭。他要去见他的一些朋友，如果我不介意，我可以陪他去。不过，他的时间不是很多，开商店就是这样。如果我有耐心，我们可以聊一会儿。

“你觉得可以吗？”他终于想起来问我了。

我对他笑了笑，忘记了自己脸上的模样。我跟着他下了出租车，一下子被水和风蒙住了眼睛，他一只手拉着我的胳膊，让我快步向前走。他推开一扇门，把我像人质一样推在前面，没有松开手。我发现这是一家虽然气派却有些破旧的酒店大堂，曾经的奢华落了灰尘，好像被虫蛀过。尽管有精美的木质摆设和红色的天鹅绒，但这地方给人一种悲凉的感觉：灯光太暗了，不适合这个坏天气。四处都是方言的声音，我左手边的一个大厅里传来盘子和餐具的叮当声，有几个服务员从那里进进出出，相互说着粗话，有一股浓重的饭菜味道。

“莫法在吗？”伯雷德罗用方言问前台一个人。接待员有些不耐烦地点点头，好像在说：他在那里，来了已经有一段时间了。伯雷德罗把我丢在那里，急匆匆地走到正在举行宴会的大厅门口。前台的人趁机用鄙夷的目光看了我一眼。我在墙上一面镶在金边里的大镜子里看到了自己的样子：裙子贴在身上，看起来更瘦，肌肉线条更突出；头发贴在头上，就像画上去的；我的脸看起来就像得了严重的皮肤病，不成样子，眼睛周围是糊成一片的睫毛膏，颧骨和脸颊上也有黑色的印迹。我一只手疲惫地拎着塑料袋，里面塞满了在母亲行李箱里找到的东西。

伯雷德罗回来了，他很恼火。我意识到，他迟到是因为他父亲，也许是因为我。

“我现在该怎么办？”他对前台的接待员说。

“你坐下来先吃饭，宴会结束后，你和他谈谈。”

“你不能在他的桌子上给我找个位置吗？”

“你是傻子吧。”那人说。他用讽刺的语气解释说，莫法的桌上有教授、校长、市长、文化委员和他们的妻子，那张桌子并不是谁想坐就可以坐的。

我看了看我童年的朋友：他也浑身湿透，衣衫不整。我看到他尴尬地回头看了一眼。他很不安，小时候的表情在他脸上浮现又消失。我为他感到难过，我也不高兴，我向餐厅方向走去，让他与接待员尽情争吵，不用考虑我的存在。

我靠着俯瞰餐厅的玻璃墙，小心翼翼地避免被来来往往的服务员撞到，嘈杂的声音和餐具的叮当声让人无法忍受。这里好像在举办某个活动的开幕式，或许是闭幕式，不知是什么大会或研讨会的。餐厅里至少有两百人，吃饭的人形形色色，他们之间的差异太大了，让我觉得很惊异。有些人神情凝重，全神贯注，很不自在，有时满脸讽刺，有时默默忍受，通常都很克制，很优雅；另一些人则满脸通红，拼命吃东西，和别人大声聊天，身上穿着各种名牌，用来彰显他们花钱如流水。那些太太更能体现男人之间的差异，那些瘦小的女人穿着精致的衣服，吃得很讲究，脸上带着礼貌、柔和的笑容。她们坐在那些身型庞大的男人旁边。他们的身体塞在昂贵的衣服里，衣服五颜六色，就像他们的声音一样嘈杂，还闪烁着黄金和珠宝的光芒；而另一些男人或深思熟虑，沉默寡言，或面带微笑，很健谈。

从我所站的位置来看，很难理解这中间有什么利益交易、共同谋划，或者是偶然的机缘，让如此迥异的人坐到同一张桌子上，我也不愿意知道。唯一让我印象深刻的是，在我小时候的想象里，母亲一离开家，就会来像这样的地方。如果这时候，阿玛利娅穿着几十年前的蓝色套装，围着一条精致而鲜艳的围巾，戴着一顶带面纱的帽子，挽着身穿驼绒大衣的卡塞尔塔的胳膊进来，她肯定会满不在乎地跷起二郎腿，坐在那里，让左右的人眼睛发出愉快的光芒。那是大家可以吃喝、大声欢笑的聚会，她每次独自出门，我就觉得她是去参加这样的宴会，并相信她再也不会回来了。我想象她穿金戴银，大吃大喝。我确信，只要她一出门，嘴里会伸出一条长长的红舌头。我在卧室旁边的储藏室里哭泣。

“现在他会把钥匙给你，”伯雷德罗在我背后说，语气不像之前那么客气，甚至有些粗暴，“你整理一下，到那边的桌子上来。”

我看到他穿过大厅，触摸了一下一张长桌，向一位老人郑重地致意。那位老人正和一位精心打扮、举止得体的女士大声说话，她染了一头浅蓝色的头发，发型很古老。老人根本就没有理会伯雷德罗，他愤怒地看向别处，走到一张桌子旁坐下，背对着我。那张桌子前坐着一个肥胖的男人，留着黑胡子，还有一个化了浓妆的女人。她坐着时，紧身裙子向上收缩，露出很长一截大腿，她正在吃东西，感觉很不自在。

我不喜欢他以这种方式对我说话，那是一种命令的语气，不允许反驳。我想要穿过大厅，告诉我以前的玩伴，我要离开，但我克制住了自己。我想到我刚才用的那个词：玩伴。玩伴？我们一起玩了什么游戏？我是和他玩过一些游戏，我只是想看看，我是否能像阿玛利娅一样，玩她偷偷玩的游戏。我母亲整天蹬缝纫机，就像冲刺的自行车手一样卖力。在家里，她过着谨慎低调的生活，把她的帽子、五颜六色的围巾、衣服藏起来。我就像我父亲一样，怀疑她一出家门，笑声就不一样，呼吸也不一样了，她的表情动作，会让所有人都瞪大眼睛。她转过街角，走进安东尼奥祖父的商店。她在柜台周围转一圈，吃着点心和包着银色纸的糖果，她小心地穿过柜台和放甜点的托盘，不会弄脏衣服。这时卡塞尔塔来了，打开小铁门，他们一起下到地下室。在地下室里，我母亲会把她的黑色长发放下来，这突如其来的动作，会让那个散发着泥土和霉味、黑暗的地方充满火花。他们会趴在地板上，傻笑着爬来爬去，那间地下室虽然很长，但实际上很低矮，只能匍匐前行。只能在那些木头和铁制的废品中间，在装满旧番茄罐头瓶的板条箱中间，在蝙蝠的呼吸和老鼠的窸窣声中爬行。卡塞尔塔和我母亲一边爬行，一边盯着他们左边的白色大窗子，那个窗户会定时打开。那是一道通风窗户，上面有九条防护栅栏，并且装上了铁丝网，防止老鼠跑进来。孩子们从外面盯着地下室有光照到的地方，会在鼻子和额头上留下铁丝网的印子。相反，他们从里面可以看到那些孩子，但确信自己不会被看到。他们在最黑暗的地方隐藏好了，开始相互抚摸两腿之间。想到这里，为了不哭出来，我会吃东西转移注意力，安东尼奥的祖父没有禁止我吃店里的东西。我希望我死于消化不良，这样就可以报复阿玛利娅，我一个劲儿往肚子里塞太妃糖、甘草糖和从大缸底部刮出的蛋黄酱。

“208 房，在二楼。”一位服务员告诉我。我拿着钥匙，放弃了电梯，慢慢走上一道宽阔的楼梯，楼梯上铺着一张由金色杆子固定的红色地毯。

17

208 号房间很简陋，就像一家普通旅馆的房间。它位于一条光线不足的走廊尽头，而且是个死胡同。房间旁边是一个半开着的储物间，里面装满了扫帚、推车、吸尘器、脏床单。房间墙壁是淡黄色的，双人床上方有一张庞贝圣母像，一根干枯的橄榄枝，插在挂画的钉子和金属三角铁之间。按照酒店的常规，洗手间应该干干净净，马桶上应该有一张封条，但房间的洗手间却像刚刚有人使用过一样脏，垃圾篓也没有倒。在双人床和墙壁之间有一条狭窄的通道，通向窗户。我打开窗户，希望它面向大海，结果对着一个院子。这时我发现外面已经不下雨了。

我想先打个电话。我在床上坐下来，避免看眼前镜子里的自己。电话那头空响了很久，菲利波舅舅一直没接电话。于是我在随身带着的塑料袋里翻找，那里装着我母亲行李箱里的东西，我拿出一件粉色缎面睡衣和一条很短的蓝色裙子。那条裙子揉成了一团，胡乱地塞在袋子里，皱巴巴的。我把它放在床上，想用手让它平展一些。我拿着睡袍去了卫生间。

我脱了衣服，取出卫生棉条，我的月经好像突然结束了。我把卫生棉条用卫生纸包起来，扔进了垃圾桶。我查看了一下淋浴间，那里有令人恶心的黑色短毛，分布在淋浴陶瓷底座的边缘。我用水冲很久，才进去淋浴。我满意地注意到，我已经能够控制自己的动作，可以做到不慌不忙。我和“自己”割裂了：那个正在洗澡的女人，冷静地看着那个瞪着眼睛、着急要离开的女人。我仔细在身上涂抹沐浴露，让每个动作都有一种置身事外的感觉，没有时间的限制。我不在追赶任何人，也没人在追赶我；没有人等我，我也没有客人来访。我的两个妹妹已经彻底离开了，我父亲坐在他的老房子里，在画架前画吉卜赛女人。我母亲——多年来，她的存在只是恼人的负担，有时是烦恼，她已经死了。当我使劲揉搓我的脸，特别是眼睛周围时，我意外地发现：阿玛利娅就在我的皮肤下面，就像不知何时注入的温暖液体，让我心里泛起了一股柔情。

我擦了擦湿漉漉的头发，直到头发变得半干，我对着镜子仔细查看睫毛之间是否还有睫毛膏。我看到了我母亲身份证上的样子，对着她笑了笑。我穿上了缎质睡袍，尽管它是令人讨厌的粉色，我有生以来第一次穿这种袍子，我感觉自己很美。

表面上没有太在意，但我明显感到愉悦，就像我在母亲假装忘记了那些值得庆祝的日子里，我在意想不到的地方发现了她藏的礼物，感到惊喜一样。在礼物突然从日常生活的角落里蹦出来之前，她总是让我们坐立不宁，而这些藏礼物的地方总是让我们意想不到，总会让我们格外喜出望外。她看到我们很高兴，比我们更高兴。

我突然意识到，箱子里的东西不是为她自己买的，而是为我准备的礼物。我在沃氏姐妹店里对女销售员说的谎言其实是事实。在床上等着我的那件蓝裙子，绝对是我的尺寸。我突然意识到，好像是穿在身上的睡衣在提醒我。我把手伸进口袋，确信会找到我的生日卡，事实上它就在那里，准备好了给我惊喜。我打开信封，看到阿玛利娅小学生一样的笔迹，花体字母，现在已经没人那么写字了：生日快乐，黛莉亚。你的母亲。紧接着，我发现我的手指沾上了沙子。我把手放回口袋里，发现底部有一层轻微的沙子。我母亲在溺水前曾穿过那件睡袍。

18

我没注意到门打开了，只是听到门关上的声音。伯雷德罗脱下外套，扔在一把椅子上。他用方言说：

“他们不会给我一分钱。”

我疑惑地看着他，不明白他在说什么，也许是银行贷款，也许是高利贷，也许是贿赂。他看起来像个疲惫的丈夫，觉得可以把遇到的麻烦告诉我，好像我是他的妻子。他脱掉外套，可以看到在裤腰带上面他的衬衫绷得紧紧的，他的胸脯宽大壮实。我打算叫他从房间里出去。

“他们不但不给我钱，还希望把预付给我的钱要回去，”他继续在浴室里自言自语，他的话伴随着尿液流到马桶里的声音，通过敞开的门传到了我的耳朵里，“我父亲没跟我说，就去向莫法要钱。他都那把年纪了，还想接手章图尔克街的甜食店，不知道用它干什么。他像往常一样，说了一堆谎，所以现在莫法不相信我了。他说我无法控制我老子，他们要把商店要回去。”

“我们不是应该一起吃午饭吗？”我问。

他从我身边走过，仿佛没有听到。他走到窗前，拉下了百叶窗，只剩下从打开的浴室门里透出的微弱光线。

“你刚才也太磨蹭了，”他最后责备我，“这意味着你吃不上午餐。我必须在四点钟回到店里，我没有多少时间。”

我机械地看着手表的磷光指针：差十分钟三点。

“让我穿上衣服。”我说。

“你这样看起来不错，”他回答说，“但你要准备好把所有东西都还给我：裙子、睡衣、内裤。”

我感觉心脏在猛烈跳动，我无法忍受他的方言和语气里流露的敌意。此外，我无法看到他的面部表情，他展现这种很初级的阳刚之气，这使我无法推测，这场戏他演得怎么样，还有这在多大程度上展示了他的暴力意图。我只能看到他解开领带的黑暗侧影。

“这是我的东西，”我反对说，我斟字酌句地说出了这句话，“这是我母亲送给我的生日礼物。”

“这是我父亲从我店里拿走的东西，你要还回来。”他回答说，但声音里有一丝裂缝，不再那么强硬。

我排除了他在撒谎，我想象着卡塞尔塔为我选择那些衣服的颜色、尺寸、款式。我有一种恶心的感觉。

“我只要这条裙子，其他东西留给你。”我说。我决定后，我把手伸向床边，想抓起那条裙子，溜到洗手间里去。但我的动作太过于激烈，墙上的庞贝圣母像和干橄榄枝也晃动起来。我不得不放缓动作，控制我的手臂，防止整个房间都动起来。一切都变得焦虑，我讨厌那种激动占上风的时刻。

伯雷德罗注意到我的犹豫，他抓住了我的手腕。我没有反抗，主要是为了防止他为打消我的念头，把我强行拉向他。我知道，只有当动作的速度看起来是由我决定时，我才能控制自己，不会因为暴力逼近而产生过激行为。

他吻了我，但没拥抱我，而是紧紧握住我的手腕。他先将嘴唇贴在我的嘴唇上，试图用舌头打开我的嘴。他这样做是为了让我放心：是的，他只是按照剧本行事。他认为，男人在这种情况下就应该这样做，但他没有真正的攻击性，也许自己也无法确定要做什么。他放下了百叶窗，可能想利用昏暗的光线，偷偷调整一下自己，让脸上的肌肉变得松弛。

我张开了嘴唇。四十年前，我曾带着恐惧入迷地想象，安东尼奥小时候的舌头和卡塞尔塔一样，但我从未得到证实。作为男孩子，安东尼奥对接吻不感兴趣，他更喜欢用肮脏的手指探索我的阴道口，同时把我的手拉向他的短裤。后来我发现，卡塞尔塔的舌头完全是我幻想出来的。我经历过的所有的吻，似乎都与我想象中阿玛利娅得到的吻不一样。哪怕安东尼奥长大成人，他的吻也没有达到幻想中的样子，这一点我可以确认。他并没有很坚定地吻我，他一意识到我张开了嘴，就过于急躁地将舌头探入到我的牙齿之间，继续抓着我的手腕，将我的手放到他的裤子上。我觉得，我不应该张开嘴唇。

“为什么我们要黑灯瞎火的？”我低声问，我的嘴贴着他的嘴。我想听他说话，以确保他不会伤害我。但他没回答，他吸了一口气，吻了我的脸颊，舔了舔我的脖子。在这个过程中，他一直抓着我的手，放在他的裤子上。他坚持这个动作，是想让我明白：我不应该张着手一动不动。我一把抓住他的阴茎，这时他才放开我的手腕，紧紧拥抱着我。他喃喃地说着我不懂的话，弯下腰用嘴寻找我的乳头，把我的身体往后推，用嘴掠过缎子布料，口水弄湿了我的睡衣。

我当时就知道，不会有什么新情况。现在启动了一个我熟悉的程序，我从年轻时开始，就经常进入这个仪式。我希望通过不断更换男人，我的身体会在某个时刻做出应有的反应，但结果总是一样，与正在进行的程序相同。伯雷德罗掀开我的睡衣，吸吮我的乳房，我开始感到一种轻微、不明确的快感，仿佛温水流过麻木的身体。同时他用一只手，小心翼翼地避开我抓着他裤子里阴茎的手，过度急切地爱抚着我的性器，发现我没穿内裤，他很兴奋。但除了那种漫无边际的快感外，我什么感觉都没有，很愉快，但欲望并不紧迫。

很久以来，我一直确信，我永远无法跨过这个门槛，我只得等待他射精。另一方面，像往常一样，我感觉我无法帮助他，事实上我几乎无法动弹。我能感觉到，他希望我解开他的裤子，掏出他的阴茎，而不仅仅是抓住它。我能感觉他在摇晃着胯骨，向我发出急切的指示，而我无法回应。我担心，我已经趋于平缓的呼吸会完全停止，此外，我流出的大量汗液让我越来越难堪，无法采取任何行动。

小时候，我尝试自慰时，情况也是这样。快感不温不火，蔓延到身体的各处，没有任何高潮，身体就开始出汗。无论我如何抚摸自己，唯一发生的是体液溢出。我的嘴不但不会变干，反而充满了唾液。我觉得浑身冷冰冰的，汗水从额头、鼻子、脸颊滴下，腋窝变成了水坑，身上没有一寸皮肤是干的，双腿之间流出了很多光滑的液体，手指滑过时没有任何摩擦感。我不知道我真的在抚摸自己，还只是在想象，身体里的快感无法提升，我总是疲惫不堪，无法满足。

伯雷德罗暂时似乎没注意到这一点。他把我推到床上，为了防止因失去重心而一起摔倒。我先是小心翼翼地坐下，然后躺了下来。我看到他的影子徘徊了几秒钟，犹豫了一下，然后脱掉了鞋子、长裤、内裤。他跪到床上，跨坐在我身上，轻轻靠在我的腹部，没有把我压住。

“怎么样?”他喃喃地说。

“来吧。”我说，但仍然保持不动。他呻吟着，直直挺起了躯干。他希望他的阴茎——在半明半暗中粗大的性器，能将他的欲望，与他预期的我的欲望混合起来。结果什么也没有发生，他长长舒了一口气，他伸出一只手，继续在我两腿之间摸索。他一定相信，这会促使我做出反应：出于激情，或出于母性的怜悯。我反应的方式对他来说似乎并不重要，他只是在寻找敦促我采取行动的杠杆，但我没什么反应，我的默许让他迷失了方向。我想，在这种情况下，我应该像往常一样，假装突然失去控制，喘着粗气迎合他，或者拒绝他。但我什么也不敢做：我害怕随之而来的地震波，让我不得不跑去呕吐。只要耐心等待就好了，此外我再也感觉不到他的手指了，也许他因为厌恶而退出了，也许他还在抚摸我，但我已经失去了感觉。

失望之余，伯雷德罗拉着我的手，放到了他的阴茎上。这时我意识到，如果他不确信我渴望他，他就不会进入我的身体。我还注意到，他勃起的性器正在变软，就像出了问题的霓虹灯。他也意识到了这一点，便向前移动身体，把阴茎靠近了我的嘴。我对他有一丝好感，仿佛他真的是我小时候认识的安东尼奥，那个男孩子。我想告诉他这一点，却发不出声音来。他正慢慢在我嘴唇上摩擦，我担心我的嘴会因为一个不经意的动作失去控制，会把他的阳具咬下来。

“你为什么到店里来？”他有些愤愤不平地说，沿着我被汗水浸透的身体向后滑动，“不是我找的你。”

“我当时甚至不知道你是谁。”我回答说。

“你说的那些事呢？这条裙子、内裤……你想要干什么？”

“我不是来找你的，”我告诉他，但没有咄咄逼人，“我只是想见见你父亲。我想知道，我母亲在溺水前发生了什么。”

我意识到，他不相信我说的话，他又在试图爱抚我。我摇了摇头，让他明白：够了。他倒在我身上，但只停留了一下子，就马上退了下去，躲开了我湿搭搭的身体。

“你生病了吗？”他不确定地说。

“我很好。即使我生病了，也来不及痊愈了。”

伯雷德罗无奈地靠在我身边。在半明半暗中，我看到他正在用床单擦拭手指、脸、腿，然后打开了床头柜上的灯。

“你看起来像个鬼魂。”他说。他看着我，毫无讽刺的意思，用他身上的衬衫衣襟，擦我的脸。

“这不是你的错。”我安慰他说，请求他把灯关上。我不想被看到，也不想看到他。就这样，他有些迷茫和沮丧，他看起来太像卡塞尔塔了，那是我想象中，或者是四十年前真正看到的。这种感觉很强烈，我甚至想马上告诉他。在黑暗中，他那张脸散发着某种情绪，与他整个上午向我展示的那张膨胀的、黑社会分子的脸是如此不同。我想说出这种感觉，我想在那张床上把我和他都抹去，我们已经变了，不再是之前的那两个孩子。我们唯一的共同点是：我们都曾经目睹暴力。

当我父亲听说阿玛利娅和卡塞尔塔在地下室秘密来往——我想慢慢告诉他——他没有浪费时间。他先是在走廊上追赶阿玛利娅，他们跑下楼梯，接着又跑到街上。他经过我身边时，我可以闻到油彩的味道，我觉得他好像是彩色的。

我母亲跑到铁路桥下，滑倒在一个水坑里，被抓住了。我父亲拳打脚踢，打了她很多记耳光，还踢了她的腰部。他好好惩罚了母亲之后，就把浑身是血的她带回家了。她一张口，他就又去打她。我看了她很久，她被打得很惨，身上很脏，她也看了我很久。我父亲向菲利波舅舅说明了发生的事情。阿玛利娅露出了惊讶的神情，她盯着我，不明白发生了什么。这时我恼羞成怒，去偷看父亲和舅舅做什么。

我父亲和菲利波舅舅走开了，我可以透过窗户看到他们。他们就像两个锡兵，在院子里做出严肃的决定。或者就像两个军人，是从报纸上剪下来贴在相册里的士兵，一个紧紧挨着另一个，这样他们就可以小声说话了。我父亲穿着靴子和一条撒哈拉袍子，菲利波舅舅穿着一件橄榄绿色又也许是白色或黑色的制服，不仅如此，他还拿了一把手枪。

也许他们依然穿着便衣，尽管208号房间半明半暗，仍有一个声音在说："他会杀了卡塞尔塔，他带着枪。"也许正是这些声音，让我看到父亲穿着靴子，菲利波舅舅穿着制服，两只手放在身体两侧，右手拿着枪。他们一起追赶年轻的卡塞尔塔，他皮肤黝黑，穿着驼绒大衣，在他家的楼梯上逃窜。在他们身后，是穿着蓝色套装、戴着羽毛帽子的阿玛利娅。为了不被杀死，或者因为虚弱，她越来越惊恐，用低沉的声音说："不要杀他，他什么都没做。"

卡塞尔塔住在顶楼，但在二楼时他被追上了，三个男人停在那里，好像是为了调解。事实上，他们在用方言相互咒骂，一长串以辅音结尾的词，仿佛最后一个元音陷入了深渊，其余字母都在不高兴地嘟囔着，变成了哑音。

骂完了之后，卡塞尔塔被推下楼梯，滚到了一楼。他在楼梯尽头站了起来，又冲了上去，不知道是为了勇敢面对复仇者，还是为了跑到他在四楼的家，和家人在一起。他设法通过楼梯上去，一只手轻轻掠过楼梯栏杆，弯下腰时，他会紧紧抓住栏杆，他的腿没有停止，三步并作两步沿着台阶跑向家门。他身后是想踢他却落空的脚，还有像流星一样击中他的唾沫。

我父亲在他到达前已经先到了顶楼，他抓住了卡塞尔塔的头发，把他的头猛地撞向栏杆，撞击声无限回荡在楼梯间。最后我父亲把他打得半死不活，他躺在地板上的血迹中。我父亲主要是听从了舅舅的建议，舅舅可能有枪，也更有头脑。菲利波舅舅抓住我父亲的胳膊，很慎重地把他拉开了：如果他不出手阻止，我父亲就会杀了卡塞尔塔。卡塞尔塔的妻子也在拉扯我父亲：她拉着他的另一只胳膊。这时，只能听见阿玛利娅的声音在说："你们不要杀死他，他什么都没做。"我曾经的玩伴安东尼奥在哭，他倒挂在楼梯间，好像在飞。

我感觉伯雷德罗在我身边默默地呼吸，我对曾经的那个孩子产生了同情。"我要走了。"我对他说。

我站起身来，迅速穿上蓝色连衣裙，避免他注视我的身体。我感觉那件衣服我穿大小合适，我在塑料袋里找了一条白色内裤，穿到了裙子下面。我打开了灯，伯雷德罗的目光很空洞，我看着他，不再觉得他是安东尼奥，他看起来更像卡塞尔塔。他沉重的身体躺在床上，腰部以下赤裸着，那是一个陌生人的身体，与我的过去和现在没有任何关系，除了我在他身边留下的汗迹。我对他有一丝感激，因为他把对我的羞辱和伤害降到了最低。我转身回到床上，在他一侧的床沿上坐下，用手抚慰他。他闭着眼睛，任凭我的手抚慰，他射精时没发出呻吟，仿佛没有任何快感。

19

这时大海变成了紫色，看起来很黏稠，海浪的咆哮和城市的噪声融为一种愤怒的二重奏。我避开汽车和水坑，穿过了马路，还好身上没有溅上泥水。我停下来看着在拥挤而猛烈的车流的另一面，那些大酒店一字排开，每扇门窗都关得死死的，抵御着交通的噪声和大海的喧嚣。

我坐车去了平民广场，在那里遇到的每个电话亭，里面的电话都是坏的。我又去咖啡馆里，问他们有没有电话，找了几家之后，终于找到了一部能用的电话。我拨通了菲利波舅舅的电话，没人接。我沿着托莱多大街向前走，商店正在拉开卷帘门，路上行人很多。在小巷入口处，人们成群结队站在那里，巷子里黑乎乎的，两边的建筑竖立在阴暗的天空下。到了但丁广场，我买了一些巧克力，那只是为了呼吸一下店里带酒味的空气。我其实什么也不想吃。我漫不经心，甚至忘了把巧克力放进嘴里，最后它在我手指间融化了。我没有在意那些盯着我看的男人。

天气很热，阿尔巴港没有风，光线也不好。在母亲家楼下，我看到有人在卖车厘子，看上去饱满而鲜艳，非常诱人，我买了一斤，毫无兴致地溜进电梯，去敲德利索寡妇的门。

那女人像往常一样，很谨慎地打开了门。我给她看了看车厘子，说那是给她买的。她眼睛瞪得很大，马上把门上的链子松开，请我进去，明显对这意外的礼物，还有我对她的示好感到高兴。

“不了，”我说，“您来我这儿坐吧。我在等一个电话。”我说了一些关于鬼魂的话，我确信并向她保证，几个小时之后，鬼魂就会失去自主性。“一段时间后，他们会很听话，我们让他们做什么，他们就会做什么，让他们说什么，他们就会说什么。如果我们希望他们保持沉默，他们最后会保持沉默。”

“沉默”这个词，让德利索寡妇对我产生了某种敬畏，她用一种和我的意大利语匹配的语言，表达了她接受我的邀请。她把家门锁上了，而我打开了母亲家的门。

公寓里特别闷热、让人窒息。我急忙打开窗户，把车厘子放在一个塑料盆里，让水哗哗地流着，冲洗着。而老太太用怀疑和惊恐的目光，看了一下屋子四周，有些机械地走到厨房的桌子前，坐了下来。她解释了她为什么要坐在那里，她告诉我，我母亲总是让她坐在那里。

我把车厘子放在她面前，她等着我请她开始吃。当我邀请她的时候，她用一种孩子气的姿态，把一颗车厘子送到嘴里，我觉得很可爱。她拿着果柄，把它送到嘴里，水果在舌头和上颚之间转动，她没有咬它，绿色的果柄在她苍白的嘴唇上跳舞；她又用手指抓着果柄，轻轻把它扯下来。

“很好吃。”她说。她放松了下来，开始赞美我身上的裙子。她强调说：“我说过，这件蓝色的比另一件更适合你。”

我看了看身上的衣服，又看了看她，以确定她说的就是那件衣服。她很肯定，她说，这件很适合我。阿玛利娅给她看为我准备的生日礼物时，她马上觉得，这件裙子特别适合我，我母亲也很确信它会很合适。德利索告诉我，我母亲当时很高兴。在厨房里，在同一张桌子前，她把那些内衣和裙子放在身上比画，不断地说：“这一定会很适合她。”而且，她对得到这些衣服的方式很满意。

“怎么得来的？”我问。

“她那个朋友给她的。”德利索寡妇说。那人提出了一个交换条件：他想用这些新衣服，换取她所有的旧内衣。他们以物易物，她简直太划算了，几乎什么都不用出。他是沃梅罗一家奢华商店的老板。阿玛利娅年轻时就认识他，知道他特别擅长做生意。她怀疑，他想根据那些打着补丁的旧内衣内裤，研发什么新款式。但德利索寡妇对这个世界还是有一定的认识，她告诉我母亲，男人嘛，不管是好是坏，是老是少，是富是穷，对他们最好保持警惕。我母亲太高兴了，没有听她的劝告。

我感觉到了德利索寡妇故意含糊其词的语气，我想笑，但克制住了自己。我好像看到了卡塞尔塔和阿玛利娅在一起，在这所房子里谋划了一个又一个晚上，基于那些老古董，他们想重新推出五十年代的女性内衣。我脑子里浮现了一个充满说服力的卡塞尔塔、听得入迷的阿玛利娅。他们年老而孤独，都没什么钱。他们在那个简陋的厨房里，离那个同样年老而孤独的寡妇只有几米远，她在那里侧着耳朵听。这一幕在我看来是有可能的，但我说：

“也许，那不是真正的以物易物，也许她的朋友只是想帮她一个忙。你不觉得吗？”

寡妇又吃了一颗车厘子，她不知道该把核放在哪里，就吐在手掌心里，那样握着。

“可能是这样，”她承认说，但并不是相信我说的，“他很体面，几乎每天晚上都来，有时他们出去吃饭，有时去电影院，或者去散步。我能听到他们在楼道里的声音，他总是在不停地说话，而你母亲总是在笑。”

“这没什么啊，笑是好事。”

老妇人犹豫不决，咀嚼着车厘子。

“是你父亲让我产生了怀疑。”她说。

“我父亲？”

我感觉，我父亲已经在厨房里了，不知道什么时候就已经在那里了，我压抑自己的不适感。德利索寡妇解释说，我父亲暗地里找了她，说是如果发现阿玛利娅做了什么轻率的事，就告诉他一声。这不是他第一次突然出现，并提出这样的要求，但那次他特别坚决。

我想知道，对我父亲来说，什么是轻率，什么是不轻率，它们有什么区别。德利索似乎意识到了这一点，并用自己的话向我解释：轻率就是不假思索，让自己暴露在生活的风险中。我父亲担心他的妻子，虽然他们已经分居二十三年了，那个可怜的男人仍然爱着她。他是那么客气，那么……德利索寡妇试图寻找合适的词汇。她最后说："那么悲伤。"

我知道是怎么回事儿了，他像往常一样，试图给这位寡妇留下个好印象。他表现得深情款款，表达了自己的担忧。但事实上——我想——似乎没有任何东西，可以阻止他听到阿玛利娅的笑声。我父亲无法忍受她笑，他认为她的笑声是逢场作戏，很虚假。每当家里有陌生人（例如每隔一段时间就会来委托他画画的人，画吉卜赛女人，或长满松树的维苏威火山），他都会奉劝我母亲："不要笑。"那笑声在他听来，就像精心撒出来的糖，是用来羞辱他的。实际上，阿玛利娅只是想让自己看起来像四十年代海报或杂志上的女人。那些拍摄或画出来的女人，看起来很快乐：她们涂着大红嘴唇，牙齿洁白醒目，眼睛炯炯有神。这就是她想象中的自己，她就是应该那样笑。对她来说，要选择丈夫能够容忍的笑声、声音、手势，一定很困难。她从来不知道什么可以，什么不可以。有人在街上经过看着她，一句玩笑话，她会不假思索做出回应。最后会听见有人敲门，就这样，玫瑰花送来了，她没拒绝。她不但没拒绝，还笑着选择了一个天蓝色玻璃花瓶，将玫瑰花散开来，放在装满水的花瓶中。那些神秘的礼物，匿名的礼物，隔一段时间就会送过来（但我们都知道，那都是卡塞尔塔送的，阿玛利娅也知道）。她还年轻，好像是在自娱自乐，没有恶意。她捋了捋额头上的黑色鬈发，眨了眨眼，给了店员小费，允许那些东西在我们家放一段时间，好像那是合情合理的。最后，我父亲注意到了，会摧毁一切。他也试图毁灭她，但总是在杀死她之前停下手，我母亲流的血就能证明他的意图。德利索寡妇和我说话时，我脑子里想着那些血，从阿玛利娅的鼻子里淌出来，血流在水槽里，一开始是红色的，后来被自来水冲淡了颜色。血还顺着她的手臂，一直流到肘部，她试图用一只手捂住鼻子，但血还是从手掌上流下来，在手臂上留下红色的痕迹，就像划痕一样。在我父亲看来，那不是平白无故的血，阿玛利娅的任何事都不是平白无故的。他那么怒火中烧，充满敌意，同时又那么渴望快感，爱争吵。他那么爱自己，他无法接受我母亲与世界存在友好，甚至是欢乐的关系。他马上就能察觉出背叛的迹象，不仅是性方面的背叛。我相信，他不只是害怕性方面遭到背叛；相反，我觉得他最害怕的是被抛弃，害怕我母亲进入敌人的阵营，害怕她听了卡塞尔塔的话，接受他的理由、言辞、品位。那些人都是背信弃义、奸诈的人贩子、肮脏的引诱者，但他不得不向他们弯腰。我父亲试图让她遵从一种恰当的社交礼仪：保持距离，但又不带敌意。但他很快就会破口大骂，在他看来，阿玛利娅的声音听起来太容易被说服，她的手势太柔媚，目光太闪烁，以至于有些不知廉耻。最重要的是，她能够不费吹灰之力取悦于人，她甚至都没有取悦人的想法。即使她不愿意，那种事情也会发生。啊，是的，他用耳光和拳头来惩罚她招人喜欢这一点。我父亲把她的手势理解为秘密的交流、隐秘的勾搭，她的眼神也是为了和别人眉来眼去，为了排挤他。我很难从眼前抹去那些血迹，如此痛苦，如此暴力。我父亲的暴戾使我感到心如死灰，他一边大喊大叫、一边蹂躏玫瑰花的样子，在我脑海中喧闹了几十年。我父亲烧掉了她的新裙子，因为她没有把裙子退回去，却悄悄地穿上出去。我无法忍受布料燃烧的气味，尽管我把窗户打开了。

“我父亲来这里后，打她了吗？”我问。

老妇人很不情愿地点了点头。

“一天早上，他一大早出现在这里，那时还不到六点，威胁要杀死她，说了很多难听话。”

“这是什么时候的事儿了？”

“五月中旬，你母亲离开前的一个星期。”

“那时候，阿玛利娅是否已经拿到了新衣服和内衣？”

“是的。”

“她高兴吗？”

“很高兴。”

“我父亲来了，她有什么反应？”

“她总是这样，你父亲一走，她就把这事忘了。我看到他从门里出来，脸色惨白，跟一张纸似的，她却一点反应都没有。她说，他一直都是这样，老了也没有变。但我意识到事情并没有那么简单。直到她离开前，直到火车上，我一直对她说，阿玛利娅，你要小心。她丝毫不在意，她看起来很平静，但在路上，她很难正常行走，她故意放慢了速度。在车厢里，她无缘无故地笑了起来，开始用裙子下摆扇风。”

“这有什么奇怪的？”我问她。

“当着大家的面，怎么能那样呢。”寡妇回答说。

我拿起两颗果柄连在一起的车厘子，让它们挂在我伸出的食指上，左右摆动。在阿玛利娅的生命中，她可能放弃了很多东西。像任何人一样，放弃那些可以明里暗里做的事，但也许她只是假装没做。或者说，她只是装装样子，这样我父亲就会觉得她不可靠，随时担心她的背叛，并为此而痛苦。这也许就是她的反应方式，但她从来都没有考虑到，我们三个女儿也会一直这么想。尤其是我，我无法重新塑造她无辜的形象，这是到现在我也无法做到的事。有可能，卡塞尔塔在寻求她的陪伴时，只是在追求她年轻时的影子。但我确信，阿玛利娅仍在自娱自乐，带着少女般的邪恶为他开门，捋一捋落在眉毛上的鬈发，眨着眼睛。有可能，那老头装出一副成功商人的派头，只是想谨慎地向她展示他恋物癖倾向。但她没有退缩，以物易物的提议，只能让她心领神会地笑起来。她利用我的生日做幌子，来满足她自己，还有卡塞尔塔的老年冲动。可能事情不是这样，也可能是的。我意识到，我正挖掘出一个肆无忌惮的女人，在我的记忆中，她就是这样无畏。甚至当我父亲举起拳头打她，就像她是一块石头或木柴，想让她顺从，她没有因恐惧而睁大眼睛，而是很惊奇。当卡塞尔塔提出以物易物时，她一定以同样的方式睁大了眼睛，带着一丝惊奇和兴趣。我也很惊讶，就像面对一个暴力场景，两人按照惯例玩的游戏：一个不让人害怕的恶棍和一个无法被消灭的受害者。我突然想到，阿玛利娅一定是从小就觉得那双打人的手，就像手套一样。先是用纸剪好样子，最后做成皮革的手套，她裁剪缝制了很多副手套。后来她又为那些将军的遗孀、牙医的妻子、行政长官的姐妹做衣服，测量她们的胸围和臀围。这些尺寸都是用裁缝用的黄色软尺测量出来的，软尺谨慎地拥抱着各个年龄段的女性身体。她根据这些尺寸剪出纸样，纸样用别针固定在布上，在布料上画出乳房和臀部的样子。她紧张而专注地裁剪布料，沿着纸样的边缘裁剪。在她活着的所有岁月里，她把身体的不适，转化成了图样和布料。也许，她内心深处已经养成了一种习惯，她默默揣摩这些尺度，思忖着如何打破尺度。我从来没想过这个问题，现在想到了，但我再也无法问她，是不是真的是这样。一切都已经过去了。但面对着正在吃车厘子的德利索寡妇，我觉得她和卡塞尔塔之间，最后以物易物的游戏，将他们过去的私情变成了用新衣服换旧衣服，这是一个具有讽刺意味的结尾。我突然心情大变，我很高兴，我相信她的轻浮是一种深思熟虑的轻浮。我喜欢这个意外的结局，在某种程度上，我母亲一直到生命的结束，都把自己编造的故事玩到底了，她用空荡荡的布料自己玩。我想象着，她并没有带着怨恨死去，我心满意足地叹了口气，同时也觉得意外。我把在手上把玩到那一刻的车厘子挂在耳朵上，笑了起来。

“我看起来怎么样？”我问德利索寡妇，在此期间，她手心里至少已经攒了十几个果核。

她做了个疑惑的表情。她说：

“很好。”我的奇怪表现，让她有些忐忑。

“我知道。”我得意地说。我又找了两颗连在一起的车厘子，正准备挂在另一只耳朵上，但我改变了主意，把它们伸向德利索。

“不。”她避开了。

我站起来，走到她身后，在她摇头苦笑时，我把她右耳上的灰白头发拨开，把车厘子挂在了那里。我退后一步，欣赏着这景象。

“太美了。”我惊叹着说。

“才没有。”寡妇尴尬地嘀咕说。

我又选了一对车厘子，回到她身后，想装饰她的另一只耳朵。我从后面抱住她，双手交叉放在她丰满的乳房上，用力挤压。

“阿姨，”我说，“是你告诉了我父亲这一切，对吗？”

我亲了亲她布满皱纹的脖子，她扭动着身体，在我怀里挣扎，我不知道是不自在还是想挣脱。她否认了，说她永远不会做出这样的事，她问我怎么能说出这样的话？

我想这一定是她干的：她充当间谍，就是想听到他叫喊、甩门、砸碗，而她躲在自己的公寓里，激动不安地享受着这一切。

电话响了，我狠狠亲了亲她灰色的头发，然后去接电话，那时已经响第三声了。

“喂。”我说。

电话那边一阵沉默。

“喂。”我平静地重复说。同时观察着德利索寡妇，她有些困惑地盯着我，同时正挣扎着要从椅子上站起来。

我挂断了电话。

“您再待一会儿吧，”我想挽留她，又恢复了尊称，“您要不要把手上的核给我，再吃点儿剩下的车厘子，再来一个吧，或者您带回家吃吧。”

但我觉得，我无法采用一种令人放心的语气。老太太这时已经站起来了，向门口走去，车厘子还挂在她耳朵上。

“您生我的气了吗？”我放低姿态问她。

她目瞪口呆地看着我，一定是突然想到了什么，她停在半路。

“那条裙子，”她不安地说，“你怎么拿到它的？你不应该穿上它。它和其他东西一起放在行李箱里，而那个箱子一直没有找到。你从哪里找到它的？谁给你的？”

当她说话时，我注意到她的瞳孔很快从惊讶变成了恐惧。我并不希望是这个结果，我没打算吓唬她，我不喜欢吓唬人。我用一只手向下拉了拉裙子，使它变长。我穿着这条很短、很紧身的裙子，优雅但不适合我的年龄，感觉很不自在。

“这只是一块没有记忆的布料。”我小声说。我想说，它不会伤害到我，也不会伤害到她。但德利索寡妇一字一句地说：

“那条裙子不干净。”

她打开门，并迅速关上了身后的门。这时电话又响了。

20

电话响了两三声，我拿起听筒，听到一阵嗡嗡声，还有远处难以辨认的噪声。我不报任何希望，重复了几次“喂”，只是为了让卡塞尔塔知道：我在这里，没有被吓到。我最后挂断了电话。我坐在厨房的桌子旁，从耳朵上取下车厘子吃了起来。现在我知道了，接下来的所有电话，只会是纯粹的呼唤，就像口哨声，像过去男人在街上打唿哨，通知妻子他们马上要回家了，可以下面条了。

我看了看表，那时候是晚上六点十分。为了防止卡塞尔塔再次强迫我听他的沉默，我拿起听筒，拨通了菲利波舅舅的电话。我已经下定了决心，会让电话一直响下去，但菲利波舅舅马上就接了。他听到是我的声音，没有表现出丝毫的热情，好像我让他很厌烦。他说他刚到家，很累，有点感冒，想躺一会儿，他还装模作样地咳嗽了一下。在我的要求下，他才很不耐烦地提到了卡塞尔塔。他说他们谈了很久，但没有争吵，他们突然间意识到，他们已经没有任何吵架的理由了，阿玛利娅已经死了，生活已经过去。

他沉默了一会儿，让我说话，希望我有所反应。我没说什么，他又继续唠叨着老年、孤独的生活。他告诉我，卡塞尔塔被他儿子赶出了家门，只能自己管自己，没有地方住，连狗都不如。他儿子先是偷走了他存的所有钱，然后把他赶出了家门，幸运的是，阿玛利娅对他很客气。卡塞尔塔向我舅舅坦白，那么多年后，他和阿玛利娅再次重逢：她帮了他，他们互相陪伴，但彼此都很谨慎，很客气。现在他像个流浪汉一样，这里住两天，那里住两天。即使是像他这样的人，也不应该过那种日子。

“他真是个好人。”我评论道。

菲利波舅舅的态度变得更冷淡了。

“总有一天，你要原谅周围的人。”

我问：“那缆车上的女孩呢？”

我舅舅变得很尴尬。

“有时会发生这种事，”他说，“你现在还不知道，但以后你也会体会到，老年真的很可怕，很残酷。”他又说：“还有更龌龊的事。”最后，他不再掩饰自己的敌意，说：

“他和阿玛利娅之间从没发生过什么。”

“也许你说的是真的。”我承认。

他抬高了嗓音。

“那你为什么要告诉我们那些事？”

我反驳道：

“你们为什么要相信我？”

“你当时才五岁。”

“是呀。”

菲利波舅舅吸了吸鼻子，嘀咕了一句：

“你走吧，回罗马吧。别折腾了，事情已经过去了。”

“照顾好自己。”我建议他，然后挂断了电话。

我盯着电话看了几秒钟。我知道它会再次响起：在某个地方，卡塞尔塔正在等着电话线空出来。没过多久，第一阵电话铃声就传来了，我下定决心，匆匆出去了，没有锁门。

外面没有云，也不再刮风，一道白色的光让圣母马利亚大教堂看起来像一幅图画。周围充斥着广告牌、庸俗的玻璃墙，教堂显得十分渺小。我向出租车走去，但中途改变主意，走进了淡黄色的地铁站台棚子。行人窸窸窣窣地从我身边走过，仿佛是逗孩子开心的剪纸。方言中的污言秽语——在我脑子里，唯一声音和意义相吻合的污言秽语——因为具有侵犯性，它们很黏稠、充满享乐的真实感，会在脑中具体化成一种令人厌恶的性行为。方言之外的任何表达，在我看来都无关痛痒，往往是愉快的，可以说得出口，不会引起那种恶心感。我走在地铁站，方言的脏话变得柔和，真让人意想不到，那些语言就像落在一台老式打字机的滚筒上，发出格外响亮的声音。我下到加富尔广场地下通道时，一阵热风吹到了我身上，金属挡板在起伏，自动扶梯的红色和蓝色混合在一起。我把自己想象成那不勒斯纸牌中的一个人物：宝剑 8，那是个佩戴着武器的女人，她安静地向前走着，已经准备投入到危险的游戏之中。我把嘴唇咬在牙齿之间，直到感到疼痛。

一路上，我一直在看身后，没看到卡塞尔塔。为了看清楚两个黑魆魆的隧道之间那个空荡荡的月台，我混入了一群正在等待的乘客中。地铁到站时，里面挤满了人，但一到加里波第广场站昏黄的氖光灯中，车厢很快就空了下来。我在终点站下车，上了一段台阶后，站在老烟草厂旁边，在我从小生活的那个城区的外围。

这里有一种城乡接合处的气息，多年来已经变成了奄奄一息的郊区。那些建在尘土飞扬的乡村中、低矮的白色楼房被摩天大楼淹没，拥挤的交通和蛇一样开过的列车让人窒息。我很快向左转，朝一个天桥走去，那里有三个通道，中间的通道因施工被挡住了。我记得，这里以前有一条特别长的通道，基本没什么人走，而且头上不断在震动，火车在那里调车。我在散发着尿骚味的隧道里慢慢走了不到一百步，那里一边是有些渗水的墙壁，另一边是一道落满灰尘的护栏，防止行人被密集的汽车撞到。

从阿玛利娅十六岁起，通道就一直在那里。她去送做好的手套时，不得不走过那个阴凉的隧道。我一直想象，她会把手套带到现在我身后的地方，那是一家旧工厂，可以看到屋顶上的瓦片。那里现在挂着标致汽车的标志。但实际上，事情当时肯定不是这样。毕竟一切已经物是人非，那些石头没有变，而我母亲的步子和姿态，没有在石头和阴影之间留下任何痕迹，可以帮我回忆。在那条隧道下，阿玛利娅一直被无业游民、小贩、铁路工人、泥瓦匠追赶，他们吃着夹着西兰花和香肠的面包，喝着酒壶里的酒。心情好的时候，她会讲那时候的事。他们经常并肩追赶她，在她耳边低语，企图触摸她的头发、肩膀、手臂。有些人一边说着淫秽的话，一边试图拉住她的手，她会低着头加快步伐。有时她会突然大笑起来，无法控制自己，然后跑起来，甩开那些跟着她的人。她奔跑的样子，似乎是在做游戏，她在我的脑海里奔跑。我穿着那么不得体的裙子经过那里，有没有可能，我不再年轻的身体里依然承载着她？她十六岁的身体，穿着自己做的花花绿绿的裙子，正在利用我的身体经过这条黑乎乎的隧道，小心翼翼地避开水坑，跑向隧道尽头的黄光？现在那里有一家不合时宜的美孚加油站。

也许最终来说，那两天我没有喘息的机会，一直在外面奔波，只是在完成一次移植，把一个头脑里的故事，移植到另一个头脑里。那就像我母亲出于喜爱，给了我一个健康的器官。

我父亲也曾在那段路上追过她，当时他才二十出头。阿玛利娅讲述说，听到他跟在身后，她感到很害怕，他不像其他人那样，谈论她的外表，奉承她。他讲了自己的事：他吹嘘自己能力非凡，说他想为她画像。也许是为了向她证明她有多漂亮，他有多厉害。他提到在她身上看到的颜色，他说了那么多话，不知道她有没有听到。我母亲从来不看那些骚扰者的脸，他们说话时，她一直要忍住笑。她告诉我们，她只瞥了他一眼，就立刻明白会发生什么。我们三个女儿并不理解，不明白她为什么喜欢我父亲。在我们看来，父亲一点儿也不特别，他不修边幅，当时已经发胖，秃顶，也不怎么爱洗澡，松松垮垮的裤子上沾满了颜料，每天总是为贫穷的日子咆哮。他总是对着我们大喊大叫，说他辛辛苦苦挣的钱，都被阿玛利娅糟蹋了。然而我母亲就是看上了这个没有工作的人，告诉他，如果想和她说话，就来家里，她不会偷偷和别人做爱，她从没有和任何人做过爱。当她说出“做爱”这两个字时，我张着嘴听她说，我喜欢那一刻的故事。要是故事停留在那里，没有后续就好了，那就没有后面的遗憾。我记住了那些声音和图像。也许，现在我出现在这个通道里，就是为了让声音和图像再次凝结，在我的脚步中，在阴影中，再次浮现当时的情景。我母亲在成为我母亲之前，被那个男人追赶，她会与之做爱。那个男人会用一个新姓氏覆盖她，会擦除她之前的生活。

我再次确认，卡塞尔塔没有跟踪我，我加快了脚步。我来到了之前居住的城区，尽管一些细节消失了（在我经常玩耍的灰绿色池塘上，一座八层楼建筑拔地而起），但我仍然可以认出这个城区。一群孩子在凹凸不平的街道上大喊大叫，就像以前每年夏初的情景。在窗户大开着的房子里，现在也回响着同样的方言叫喊声。建筑布局还和之前一样，缺乏想象力。几十年前的几家可怜店铺居然还在，比如我为母亲买皂液、碱液的那家底层商店，仍然像多年前一样，在那座破败的楼下开着一道小门，现在那家店铺门口展示着各种扫帚、塑料容器、桶装洗涤剂。我在那里站了一会儿，感觉自己找到了记忆中的巨大洞穴，它像一把破伞一样向我靠拢。

我父亲住的那栋楼离这里只有几米远，我就是在那所房子里出生的。我穿过大门，在低矮简陋的建筑之间转来转去，脚步笃定自如。我进入一个布满灰尘的大门，大厅里的瓷砖凹凸不平，没有电梯，台阶上的大理石有些发黄脱落。那套房子在二楼，我至少有十年没有进去过了。爬楼梯时，我在脑子里重新构建了一下房子里的格局，以便在进入那个空间时，不会感到太大的冲击。这所房子有两个房间和一间厨房，门开在一个没有窗户的走廊上。房子左边最里面是餐厅，形状不规则，那里有一个放银器的柜子，但我们家从没拥有过银器，还有一张用于节日聚餐的桌子和一张双人床。我和两个妹妹就睡在那床上，晚上我们仨总是要争吵一番，决定谁应该做出牺牲，睡在中间。这个房间旁边是狭长的洗手间，有一道很窄的窗户，里面只有一只马桶、一只移动式搪瓷净身盆。然后是厨房，那里有一个水池，我们早上轮流在这里洗漱。厨房里有一套很快就过时的白色陶瓷炉灶，挂锅的地方有大大小小很多铜锅，阿玛利娅总是把它们擦得锃亮。最后是我父母的卧室，旁边是一个令人窒息、没有灯的储物室，里面全是无用的东西。

我父母亲的房间是禁止进入的，因为空间太小了。双人床对面是一个中间带镜面的衣柜。右手边的墙上有一张梳妆台，上面有一面长方形镜子。在另一端，在床和窗户之间，我父亲的画架就放在那里，这是一个很结实、很高大、底座很厚实的架子，已经被蛀虫咬得不成样子，上面挂着一块脏兮兮的、擦画笔的破布。在距床边几厘米远的地方，有一个箱子，里面胡乱地放着颜料：白色颜料管最大，也是最容易辨认的，即使里面的颜料用完了，已经卷到了有螺纹的颈部。许多小颜料管也很引人注目，有的是因为有着童话里贵族般的名字，比如“普鲁士蓝”，有的让人联想到毁灭性的灾难，如“锡耶纳焦土红”。箱盖是一张活动的硬纸板，上面有一个装着画笔的笔筒，另一个容器里装着松节油，那像一摊五颜六色的海湾，画笔会把它搅和成流光溢彩的大海。那片地上的八角形地砖，被画笔长年累月滴下的颜料覆盖了，变成了灰色。画架周围都是一卷卷准备好的画布，是我父亲的雇主提供的；这些人在付给他几里拉后，会把那些画卖给街头小贩，都是些在人行道、城区市场、乡村集市上卖东西的人。屋子里充满了油彩和松节油的味道，但我们都已经闻不到了。阿玛利娅和我父亲在那个房间里睡了近二十年，她从来没抱怨过。

然而，让我母亲抱怨的是，我父亲不再为美国士兵画女性肖像，或画海湾的景色，而开始绘制半裸跳舞的吉卜赛女人。我当时不到四岁，那段记忆很模糊，更多的是听阿玛利娅讲的，而不是自己的亲身经历。卧室墙壁上挤满了色彩鲜艳的异国女性，其中还夹杂着用红色画笔画的裸体素描。吉卜赛女人的姿势，大多是我父亲仿照一些女人的照片画的，那些照片藏在衣柜的一个箱子里，我经常去偷看，有些画是按照红色草图画出来的。

我很确信，那些红色的速写，画的是我母亲的身体。我想象着，他们晚上关上卧室门，阿玛利娅会脱掉衣服，摆出照片上那些裸体女人的姿势说："画吧。"我父亲拿出一卷有些发黄的纸，剪下一块，画了起来。他画得最好的是头发，他不会画裸体女人的脸，在脸上空荡荡的椭圆形上，他用高超的技艺，画出了头发的造型，那和阿玛利娅的长发梳理出来的发型很像。我在床上想入非非，无法入睡。

父亲画完了吉卜赛女郎，我敢肯定阿玛利娅很清楚，吉卜赛女郎就是她。虽然没她那么漂亮，比例有些失调，颜色混乱，但确实是她。卡塞尔塔看了那幅画，说画得不好，不会有人买的。他看起来很反对，阿玛利娅插了一句，说她同意卡塞尔塔的看法，随后发生了争执。她和卡塞尔塔联合起来，反对我父亲，我可以听到他们的声音传出来，在那些楼梯上回荡。卡塞尔塔离开后，我父亲在毫无征兆的情况下，用右手在阿玛利娅脸上打了两下，先是用手掌，然后用手背。那个动作我记得很准确，它像波浪一样，先上去再退回来，我第一次看到他做这个动作。她跑到走廊尽头，藏到储藏室，想把自己锁在里面。我父亲拳打脚踢，把她拉了出来，一脚踢中她的腰部，让她撞上了卧室的衣柜。阿玛利娅站起来，把墙上的画都撕了下来。我父亲追上她，抓住头发，用她的头撞向衣柜的镜子，镜子碎了。

吉卜赛女郎很受欢迎，特别是在乡下的集市上。四十年过去了，我父亲仍在画那些吉卜赛女人。随着时间的推移，他已经变得很熟练，画得非常快。他把白色画布固定在画架上，快速勾勒出轮廓，然后上色，身体很快变成了古铜色，闪着红色的光芒。腹部拱起，乳房膨胀，乳头挺立着，同时会出现明亮的眼睛、红唇、浓密的乌发，梳着阿玛利娅的发型。随着时间的推移，这种发型已经过时，却很迷人。几个小时后，画就完成了。他取下固定它的图钉，把它挂在墙上晾干，在画架上放上一张白色的新画布，从头开始画。

我小时候，经常看到一些陌生人，拿着那些画着女性身体的画，从家里出去，他们通常会用方言做出很粗俗的评论。我不明白，也许没什么好明白的，我父亲怎么会把那些动作大胆诱人的身体，交给那些粗俗的男人呢？而他有时会带着一种杀人放火的愤怒，守护着这具身体。为什么他要我母亲摆出那些恬不知耻的姿势，而因为一个微笑或眼神，却又会变得毫不怜悯，像畜生一样施暴？为什么他任凭那具身体成百上千的复制品出现在街上，出现在陌生人的房间里，却对原版充满了占有欲和忌妒心？我经常看着阿玛利娅在缝纫机前埋头干活，直到深夜。我想，当她这样一声不吭、忙忙碌碌时，她是不是也在想这些问题。

21

老房子的房门虚掩着。我有些犹豫不决，但最后决定推门进去，我用了很大的力气，门砰的一声撞在墙上。屋里没什么动静，只能闻到一股强烈的颜料和烟的味道。我径直走进卧室，就好像这座公寓的其他部分已经被岁月摧毁了。但我确信，卧室里的一切都没有改变：双人床、衣柜、带长方形镜子的梳妆台、窗边的画架、堆放在每个角落的画布卷、海浪、吉卜赛女人、田园风光。我父亲背对着我，他弯着腰，臃肿的身体穿着一件背心。他尖尖的脑袋早就秃了，上面有深色的老人斑，后脑勺上有一些凌乱的白发。

我稍微向右移动了一下，想要看到他正在画的画。他张着嘴在画画，老花镜放在鼻尖上。他右手拿着画笔，在色彩里轻轻触碰一下，抬起画笔，自信地在画布上移动；他的左手食指和中指间夹着一支烟，一半已成为灰烬，几乎要掉到地上。画了几笔之后，他身子会退回去，一动不动在那里停几秒，发出一声很轻微的“啊”，然后继续蘸上颜料，吸着烟。那幅画还没画好，海湾还是一片天蓝色，火红的天空下，维苏威火山已经基本画完了。

“如果天空是火红色的，大海就不可能是蓝色的。”我说。

我父亲转过身来，从镜片上方看着我。

“你是谁啊？”他用方言问，表情和语气充满敌意。他眼袋很大，颜色发青，我对他最近的记忆，很难附着在那张发黄的脸上，那张脸上充满着没有排解的情绪。

“黛莉亚。”我说。

他把画笔放在一个罐子里，从座位上站起来，咽喉里发出一阵喘息。他转过身来，两条腿分开，身子弯曲着，沾满颜料的手在松松垮垮的裤子上搓了搓。他看着我，表情越来越不安。最后他充满惊异，真诚地说：

“你老了。”

我意识到，他不知道是应该拥抱我、亲吻我、请我坐下，还是要大喊大叫，把我赶出去。他很惊讶，但并不是惊喜，他觉得，我不应该出现在那里，也许他甚至不确定我是他的长女。他和阿玛利娅分开后，我们为数不多的几次见面都是在争吵中度过。在他心目中，他真正的女儿应该停留在一段无声、永恒、化石般的青春期中。

“我马上就走，”我安慰他说，“我来只是想问一些我母亲的事。”

“她已经死了，”他说，“我在想，她竟然比我先死。”

“她自杀了。”我清楚地说，但没有强调这一点。

我父亲咧了咧嘴，我注意到他的上门牙没有了，下面的牙齿也已经变得又长又黄。

“她去‘破风’游泳了，”他咕哝道，“晚上去的，还以为自己是个小姑娘。”

“你为什么不来参加她的葬礼？”

“人死了，一切都没有意义了。”

“你应该来的。”

“你会来参加我的葬礼吗？”

我想了一会儿，回答说：

“不会。”

他的眼袋变成了红色。

“你不会来，是因为你会比我死得更早。”他忍不住恼怒地说。在我毫无防备的情况下，打了我一拳。

我的右肩挨了一拳，这个动作似乎摧毁了我的心，让我很难控制自己的情绪，身体上的痛苦似乎不算什么。

“你和你母亲一样，是个婊子，”他喘着粗气说，与此同时，他抓住了椅子，以免摔倒，“你把我像狗一样，孤零零地丢在这里。”

我在理清思路，只有当我确定自己要说什么时，我才问：

“你为什么要去她家？临到最后，你还在折磨她。”

他又想打我，这次我有所防备，他没打中我，变得更加愤怒。

“她有没有想过我？”他大喊道，“我从来都不知道，她在想什么，她满口谎言，你们都满口谎言。”

“你为什么要去她家？”我平静地重复道。

他说：

“我要杀了她。她在安享晚年，却任凭我在这个房间里烂掉。看看我这里长了什么，看一看。”

他抬起右臂，向我展示了他的腋窝，在被汗水打湿变得卷曲的汗毛间，有一些紫色的脓疱。

“这个不会要人命的。”我说。

他放下手臂，因情绪激动而疲惫不堪。他试图挺直身体，但脊柱只允许他向上挺了几厘米。他仍然叉着腿，一只手抓着椅子，胸口传来一阵阵带痰的嘶鸣。也许他还觉得，在那一刻，世上只剩下那块地板，只剩下他抓着的那把椅子。

“我跟踪了他们一个星期，”他喃喃地说道，“他每天晚上六点去，穿戴整齐，西装革履，看起来人模狗样。半个小时后，他们就一起出去。她总是穿着那几件破烂，但总会把自己打扮得很年轻。你母亲是一个无情无义、满口谎言的女人。你母亲走在他身边，两人会聊天，他们会走进一家餐馆或电影院。他们会挽着手走出来，她会卖弄风骚。只要有男人出现，她就会那样，声音很做作，手是这样的，头是这样摆的，臀部是这样扭的。”

他一边说，一边在胸前挥舞着一只软绵绵的手，摇着头，眨着眼，噘着嘴，轻蔑地扭动着臀部。他正在改变策略，刚才他想吓唬我，现在他想通过嘲笑阿玛利娅来逗我开心。但他模仿得一点儿也不像，他对我心目中的阿玛利娅一无所知，甚至连最糟糕的那一面也不知道。他也没什么好笑的，他只是一个被不满和凶残的性情剥夺了所有人性的老人。也许他期待我支持他，期待一丝微笑，但我没有任何这种反应，相反，我用尽全力来抑制我的厌恶。他注意到了这一点，变得有些尴尬。他看着眼前的画布，我突然意识到，他试图用那片火红的天空，展现出一场火山爆发。

“你像往常一样羞辱了她。”我说。

我父亲困惑地摇了摇头，又呼哧呼哧地坐了回去。

“我去告诉她，我再也不想一个人住了。”他小声说，并用带着怨气的目光盯着他旁边的床。

“你想让她搬回来，和你一起住？”

他没有回答。一道橙色的光从窗口照了进来，透过玻璃窗，照在衣柜里的镜子上，反射在房间里，使房间的混乱和肮脏变得更刺眼。

“我存了很多钱，”他说，“我告诉她，我有很多钱。”

他还说了一些我没听见的话。他说话时，我在窗户下面，看到小时候在沃氏姐妹商店橱窗里欣赏过的那幅画。这两个女人正在欢呼，她们的轮廓几乎重叠在一起，正在从画面右侧向左侧跑去，她们的手、脚，还有头的一部分被切掉了，好像那幅画无法容纳她们，或者被不懂画的人裁掉了。不知道为什么，那两个女人出现在这个房间里，出现在海浪、吉卜赛女人和牧羊女中。我疲惫地叹了一口气。

“这是卡塞尔塔送给你的。”我指着那幅画说。我意识到，我之前错了，告诉我父亲卡塞尔塔和我母亲事的，不是德利索寡妇，而是卡塞尔塔本人。他来到这里，给了我父亲那个礼物——父亲惦记了几十年的那幅画。他谈到了自己的生活，说人老了，真是很糟糕，儿子把他赶出了家门。他和阿玛利娅之间一直保持着一种忠实、相互尊敬的友谊。而我父亲也相信了他，也许还告诉了卡塞尔塔自己的情况。他们发现大家都很可怜，于是就团结起来。我感觉，他们在这个房间中，奇迹般地达成了一致。

我父亲在椅子上激动地摇晃着身体。

“阿玛利娅说了很多谎，”他突然说，“她从来没有告诉过我，你其实什么也没有看到，什么也没有听到。”

“你特别想杀了卡塞尔塔，想摆脱他。你相信，凭借你画的吉卜赛女人，终于可以赚钱了。你怀疑阿玛利娅喜欢他。当我告诉你，我看到他们在点心房的地下室私会时，你已经想象出比我说的更多的事情。我所说的，只是为了证明你是对的。”

他惊讶地盯着我。

“你还记得？我什么都不记得了。”

“我记得所有的事，或者说，几乎所有的事。我只是不记得当时说的话，但我记住了那种恐怖的感觉。在这座城市里，每当有人开口说话，我都会重温那种恐怖。”

“我以为，你不记得了。”他嘟囔着说。

“我记得，但我说不出来。”

“你当时很小。我怎么能想象……”

“你可以想象。在伤害她时，你什么都可以想象得出来。你去找阿玛利娅，是为了看她痛苦。你告诉她，卡塞尔塔特意来找你，告诉你他们俩的事情。你告诉她，说四十年前我说了谎。你把所有责任都甩给了她，你指责她让我生病，让我变成一个说谎的孩子。”

我父亲再次试图从椅子上站起来。

“你从小就很恶心，”他喊道，“是你促使你母亲离开我的，你利用了我，然后把我甩开。”

“你毁了她的生活，”我反驳说，“你从来没让她获得过幸福。”

“幸福？我也从来没有幸福过。”

“我知道。”

“她觉得，卡塞尔塔比我要好。你还记得她以前收到的礼物吗？她很清楚，卡塞尔塔送这些东西，是出于算计，是为了报复她：今天是水果，明天是书、一条裙子，然后是鲜花。你知道吗？他这样做，是为了让我怀疑她，打死她。她所要做的，就是拒绝那些礼物，但她没有。她会拿着花，放在花瓶里。她会读那本书，甚至不会躲起来读。她会穿上裙子出去，任凭我把她打到流血。我不能相信她，我不知道她脑子里装着什么，我不知道她在想什么。”

我指着他身后的画，嘀咕了一句：

“即使是你，也无法抵挡卡塞尔塔的礼物。”

他转头看了看那幅画，很不自在。

“那是我画的，”他说，“这不是礼物，这是我的。”

“你永远不可能画出那幅画。”我小声说。

“我年轻时画的，”他坚持说，我感觉，他在乞求我相信他，“我在一九四八年把它卖给了沃氏姐妹。”

他没让我坐下，我自己在床边坐了下来，挨着他的椅子。我轻轻告诉他：

“我要走了。”

他忽然惊动了一下。

“等等。”

“不。”我说。

“我不会烦你的。我们可以和睦地生活在一起。你在做什么工作？”

“画漫画。”

“能赚钱吗？”

“我没有太多要求。”

“我存了很多钱。”他重复说。

“我已经习惯过简单的生活。”我想把童年记忆中那个暴戾的父亲驱赶出去，拥抱他，让他恢复一点人性。虽然发生了那些事情，也许他一直都充满人性。但我没来得及拥抱他，他又打了我，打在胸口上。我假装不觉得疼痛，我把他推开了，起身离开，甚至没有看一眼走廊的另一边。

“你也有老的时候！”他对我喊道，“快脱掉那条裙子，你看起来太恶心了。”

我走到门口，感觉自己踉踉跄跄的。我走在四十年前的一块地板上，它仍然支撑着我父亲、他的画架、卧室，但我担心，我的重量会使地板沉下去。我急忙跑到楼道，小心地关上门。一到外面，我就看了看我的裙子。这时我才厌恶地发现，在耻骨那里，裙子上有一块边缘有些发白的污迹。那块布料颜色比其他地方深，摸上去有些潮湿。

22

我过了马路。在拐角处，我一下子就认出了那家叫“殖民地”的店铺，它曾属于卡塞尔塔的父亲。门上有两根交叉的木条，卷帘门的一角像书页一样折了起来。在门顶部有一块沾着泥浆的牌子，隐约可以辨认出“游戏厅”几个字。从破烂的卷帘门黑黢黢的三角形破洞中，钻出来一只黄眼睛猫，嘴里叼着一只老鼠，老鼠尾巴还在动。那只猫很警惕地看了我一眼，从木条和卷帘门中间挤了出来，跑开了。

我沿着楼房外墙向前走，找到了地窖的通气孔。它们与我记忆中的一模一样：长方形的开口，在人行道上半米高的地方，上面装着九根钢筋，还有一道细密的网子。一股清凉的风从里面吹出来，带着一股潮湿和灰尘的味道。我看向里面，什么也没看见，我眨了眨眼睛，试图适应黑暗，但还是什么也没有看见。

我回到了商店门口，再仔细看了看街道。黄昏时分，这条荒凉的街道，看起来并不那么让人安心。这时街上传来了一帮孩子无忧无虑的叫喊声。闷热的空气中，弥漫着一股强烈的冶炼厂的煤气味，水坑上有成群的虫子在飞。在前面的人行道上，几个四五岁的孩子，骑着带防护轮的塑料小自行车在飞驶，一个五十多岁的男人待在那里，像是在守护着他们。他穿着一件发黄的背心，肚子很鼓，裤子系在背心上面。他的手臂很结实，身子很长、腿很短，胸毛和腿毛都很浓密。他靠在墙上，旁边是一根铁棒，但似乎并不属于他。铁棒大约有七十厘米长，顶端锋利，那是从一扇破旧的铁栅栏门上拆下来的，也可能是孩子从垃圾中捡到的，用来玩一些危险的游戏，最后丢弃在这里。那人抽着烟，盯着我看。

我穿过街道，用方言问他是否可以给我一些火柴。他木然地从口袋里掏出一盒厨房用的火柴递给我，故意盯着我衣服上的污渍看。我拿了五根火柴，一根一根地拿出来，假装他的目光没让我觉得尴尬。他不带任何感情色彩地问我，要不要一支雪茄。我对他表示感谢，说我既不抽雪茄，也不抽烟。他告诉我，我不应该独自出门，这个地方并不安全，有些坏人，他们连孩子都不放过。他抓起那根铁棒，给我指了指眼前那几个孩子，他们正用方言互相辱骂。

“儿子还是孙子？”我问。

"儿子和孙子,"他平静地回答说,"谁敢碰他们,我就杀了他。"

我向他表示感谢,再次穿过马路。我取下了卷帘门上的一根木条,侧身从门上那个黑魆魆的三角形洞口钻了进去。

23

我试着确定自己所处的位置，就好像我面前仍然有个柜台，上面有我父亲多年前画的异域风景。我感觉它高大结实，上面放着甘草糖和杏仁糖，比我还要高五厘米。然而我意识到，和当时站在柜台前的小姑娘相比，我长高了至少七十厘米。那些木头和金属矮墙，一刹那也仿佛从两米高，变成了到我腰部那里。我小心翼翼绕过那些矮墙，甚至抬起脚，想踏上柜台后面的木质脚踏，但没有用：现在没有柜台，也没有脚踏。我用脚底沿着地板向前摸索，除了碎屑和几根钉子，什么也没发现。

我决定点燃一根火柴。我看到，那间地下室空荡荡的，没有任何记忆能够填满它。只有一把翻倒在地的椅子，将我与卡塞尔塔的父亲以前放制作甜点和冰淇淋机器的地方隔开。为了避免烧伤手指，我扔掉了火柴，进入以前的甜食店。右边墙上没有任何窗口，但左边墙上，顶部有三个长方形开口，上面有铁栅栏，用网格挡着。那地方足够亮，我可以清楚地看到一张小床，上面有一个黑乎乎的影子，仿佛一个人躺着睡着了。我清了清嗓子，想让那人听见我在那里，但什么也没发生。我又点燃了一根火柴，走近那张床，朝着躺在床上的黑影伸出了一只手。我向前走的时候，腰撞到了一个水果箱，有东西滚落在地上，但那个身影仍没有动。我弯下膝盖，火焰已经烧到我的指尖上了。我在地板上摸索着，寻找刚才滚落的东西，发现那是一支金属外壳的手电筒。火柴灭掉了，我打开手电筒，它的光束立即照亮了一个黑色塑料袋。袋子放在床上，很像一个睡觉的人。在没有铺床单的床垫上，有一条衬裙和阿玛利娅的一些旧内衣。

“你在这里吗？”我用有些颤抖、嘶哑的声音问。

没人说话。我转过手电筒的光束，在一个角落里，一根绳子从一边墙拉到另一面墙上，绳子上有几个塑料衣架，上面挂着两件衬衣、一件灰色西装，一条与之成套、精心折叠的裤子，还有一件雨衣。我查看了一下那两件衬衣，它与在我母亲家里发现的衬衣是同一品牌。我翻了翻外套口袋，发现了几枚硬币，七枚电话币，一张五月二十一日那不勒斯到罗马、途经福尔米亚的二等火车票，三张用过的电车票，两块水果糖，一张福尔米亚酒店的收据（两个单人房间开在一张收据上），三张不同酒吧的收据，还有一张明图尔诺镇餐厅的收据。那张火车票，是在我母亲离开那不勒斯的那天买的。卡塞尔塔和阿玛利娅的晚餐很丰富：两个人的餐位费（6000 里拉）、两份海鲜开胃菜（30000 里拉）、两份大虾拌面（20000 里拉）、两份混合烤鱼（40000 里拉）、两份配菜（8000 里拉）、两份冰淇淋（12000 里拉），还有两瓶葡萄酒（30000 里拉）。

那顿饭有很多菜、很多酒。我母亲通常吃得很少，喝一口酒，她就会头晕。我回想起她给我打的电话，对我说的那些污言秽语。也许她并不害怕，只是很愉快，也许她很愉快，也很害怕。阿玛利娅像飞迸出去的碎片一样难以预料，我不能只用一个形容词来形容她。她和一个男人一起出行，那个男人曾经像她丈夫一样折磨她，到现在还继续巧妙地折磨着她。我母亲和他一起，偏离了从那不勒斯到罗马的线路，他们走向了一家酒店的房间，走向了夜晚的海滩。卡塞尔塔的恋物癖倾向暴露出来时，她一定没有觉得太意外。我可以感觉到，在半明半暗的灯光下，就像在床上那个塑料袋里一样，她有些抽搐，有些好奇，但并不痛苦。当然，让她苦恼的是，她发现这个男人带着一种变态的痴念继续迫害她，就像多年前给她送礼物时一样，因为他知道，这会让她遭受丈夫的毒打。我想象，当她听说卡塞尔塔去找我父亲，告诉他我母亲的事，还有他们一起度过的时光，她一定觉得很迷惑。我想象，她很惊异，我父亲并没有像他一直扬言的那样，杀死所谓的情敌，而是静静地听他说话，然后开始监视她，打她，威胁她，强迫她再次接受自己。她匆匆离开，可能是确信前夫在跟踪她。路上，她与德利索寡妇在一起，一定很确信这件事。一上火车，她就松了口气，也许在等待卡塞尔塔出现，向她解释一下他为什么那么做，她想知道为什么。我觉得她虽然内心混乱，但很有决心，她很关注那件放着礼物的行李箱。我摇了摇头，把他们旅行留下的所有痕迹，都放回了卡塞尔塔的上衣口袋里。在口袋底部，在布料缝隙之间，我摸到了沙子。

我确信，那的确是沙子，我顿时感觉喘不过气来。我用手电筒的光束照了照四周，照出了一个女人的剪影，她站在床头靠墙的地方。我把手电筒的光束，固定在我瞥见的那个人影上，那其实是个衣架，挂在墙上的钉子上。衣架上是我母亲离开时穿的蓝色套装。外套和裙子是用一种非常耐磨的布料缝制的，几十年来，阿玛利娅不断修修改改，让这套衣服能应对所有她认为重要的场合。两件衣服都挂在衣架上，仿佛穿着那身衣服的人只是溜出去一会儿，承诺很快就会回来。外套下是一件天蓝色旧衬衣，也是我特别熟悉的。我犹豫地把手伸进领口，发现里面有阿玛利娅的一件老式胸罩，用一枚别针别在衬衣上。我还在裙子下找了找，那里只有一条打着补丁的内裤。在地板上，我看到了属于她的那双破旧、过时的鞋子，鞋跟已经换了好几次，丝袜像面纱一样铺在上面。

我在床边坐了下来，尽力让那套衣服留在那面墙上。我希望每件衣服都留在那里，一动不动，让阿玛利娅留在上面的能量慢慢散尽。我想让每针每线都断开，让衣服再次成为未裁剪的蓝色料子，散发着新布料的味道，阿玛利娅甚至都没有碰过它。她那时很年轻，穿着红蓝花朵的美式裙子，在一家散发着新布料气味的店铺里，兴高采烈地选择她喜欢的布。她愉快地和人交谈，计划给自己缝一套衣服，她摸着边线，把布料的一边打开，审视斜裁的边。但我无法长时间拖住她，让她待在那家店里。阿玛利娅已经在干活了，她正将代表身体各部位的纸样铺在布料上，用别针一块块固定在上面。她用左手拇指和中指捏着布料，开始裁剪。她先粗缝了一下，用稀疏的针脚，把布料缝在一起。测量、拆线、缝制，加上衬里，我被她制作“替身”的艺术所吸引。我可以看到，那件衣服就像另一具“身体”一样在成长，一具更容易接近的身体。我多少次潜入卧室的衣柜，关上门待在黑暗中，待在她的衣服中，在那套衣服的裙子下，我呼吸着她身体的味道，想着要不要穿上它。我被迷住了，因为在布料的经纬线上，她知道怎么创造一个人、一个面具，释放着热度和气息，看起来像人物、戏剧、故事。在我跨入青春期之前，她从来都不允许我碰那套衣服，那对我来说，肯定充满了魅力、快乐、想象。那套衣服是活的。

卡塞尔塔肯定也是这么想的，她的身体当然会停留在那套衣服上。在过去的一年中，他们之间建立了一种老年的友谊，我无法评估它的强度和内涵。她穿着那套衣服，急匆匆离开了。在我父亲说了那通话之后，她很激动，充满怀疑，害怕再被窥视。在火车上，阿玛利娅穿着那套衣服，卡塞尔塔忽然坐在她身边。阿玛利娅的身体轻轻挨着他，他们是约好了的吗？现在我可以看到他们在一起，在包厢里相遇了。他们刚刚出了德利索寡妇的视线。阿玛利娅仍然苗条、纤细，梳着老式的发型；他高大、消瘦，衣冠周正。他们是一对让人赏心悦目的老人。但也许他们并没约好，卡塞尔塔主动跟着她上了火车，在她身边坐下来，开始和她说话，极力讨好她，那是他特别擅长的事。此外，无论事情如何发展，我觉得阿玛利娅不会打算和他一起到我家来。也许，卡塞尔塔只是提出，要在旅途中陪伴她。也许，在路上，她开始讲述之前我们夏天度假的事。也许，就像最近几个月发生的事，她开始失去对事物的感知。她忘记我父亲，忘记坐在她身边的男人对她的迷恋，她忘记了自己、身体、她存在的方式，也忘记了越来越抽象、越来越无法具体化的复仇。在众多年老的幽灵中，她成为一个纯粹的幽灵。

或者不是这样。她一直非常清醒，已经做了很周密的计划，就像对待她的衣服一样，她要熨烫一下生命的最后时刻，让它们支棱起来。无论如何，旅行目的地突然改变了，这不是卡塞尔塔的意愿，肯定是阿玛利娅让他在福尔米亚下车的。他不可能想回到我们（我父亲、我母亲、我和两个妹妹）在五十年代夏天度假、下海游泳的地方。但有可能，阿玛利娅确信我父亲不知道躲在什么地方，一直监视他们。她决定拖着他走，让他看到一条让他惊异的路子。

他们在某个餐吧里吃了饭，喝了酒。他们之间开始了一场新游戏，阿玛利娅预先没有想到这一点，却很吸引她。她给我打的第一个电话，证明了她内心很混乱，一方面她很兴奋，另一方面，她也很迷茫。虽然他们在旅馆开了两个房间，但第二个电话让我觉得，阿玛利娅并没把自己关在了房间里。从那套重要场合穿的衣服上，我能感觉有一种力量把她推到屋外，让她远离我，让她可能永远都回不来了。我从蓝色的布料中，可以看到她卧室旁储藏室的夜晚，我把自己关在那里，与永远失去她的恐惧作斗争。的确是这样：阿玛利娅没有待在她的房间里。

第二天，他们一起到了明图尔诺镇，可能是坐火车，也可能是坐汽车。晚上，他们不考虑花费，很愉快地吃了晚饭，甚至点了两瓶葡萄酒，饭后他们去了夜晚的海滩。我知道，在海滩上，母亲穿上了她原先打算送给我的衣服，也许是卡塞尔塔诱使她脱掉衣服，穿上他从沃氏姐妹店里为她偷来的裙子、内衣、睡袍。也许阿玛利娅是自主的，她喝了酒，变得肆无忌惮，同时她很不安，觉得自己依然在前夫病态的监视下。可以排除那天晚上存在暴力行为：尸检证明了这一点，的确没有暴力发生。

我看到，她从旧衣服里走出来，我感觉那件衣服直挺挺、忧伤地躺在冰冷的沙滩上，就像现在挂在墙上一样。我可以看到，她很费力地穿上那件奢华的内衣，还有样式过于年轻的裙子。她醉醺醺地迈着踉踉跄跄的步子，我可以看到，她最后筋疲力尽，用绸缎睡袍遮住自己的身体。当她决定改变行程时，她一定感觉到，有些东西永远脱离了之前的轨道：她和我父亲，她和卡塞尔塔，甚至她与我。她也脱离了自己的日常：她给我打的电话，很可能是在卡塞尔塔的陪同下打的。她带着一种欢快的绝望，也许只是为了向我表明，她发现自己处于一个混乱局面，正在经历迷失。当然，她赤身裸体进入水中，那也是她自己的选择。我能感觉到，她想象自己被四只眼睛盯着，被两道目光紧紧缠绕。但她精疲力竭地发现我父亲不在那里，卡塞尔塔正在追随一个失智老人的幻想，那出戏的观众都不在场。她脱下缎面睡衣，只留下了“沃氏姐妹”牌胸罩。卡塞尔塔可能就在现场，看了也等于没看。但我并不确定，也许他已经带着阿玛利娅的衣服离开了，或者是阿玛利娅强迫他离开的。我怀疑，他不是自己决定拿走那些衣服和内衣的。我确信，阿玛利娅迫使他把礼物交给我，而他答应了她的请求：这是最后的交换条件，以获得他想要的旧内衣。他们一定谈论过我，还有我小时候的所作所为。或者说，在海上的这段路，我早已经进入卡塞尔塔一手导演的虐待游戏。在他年老失智的头脑中，我当然会占据很大一部分，他想对我进行报复，好像我还是四十年前的那个小女孩。我想象着，卡塞尔塔在沙滩上，被海浪声和潮湿的空气弄得晕头转向，像阿玛利娅一样迷失，像她一样喝醉了，不明白游戏进行到了哪里。我担心，他甚至没有意识到，他像猫一样玩弄了大半辈子的“老鼠”正在溜走，正在淹死。

24

我从床上站了起来，主要是避免看到挂在面前墙上的蓝色套装。我隐约看到了通向院子大门的台阶，一共有五级台阶。我记得很清楚，安东尼奥的祖父在做蛋糕时，我经常和他一起玩跳台阶的游戏。我一边向上跳一边数。当我走到台阶的顶部时，我惊讶地发现，门并没有锁，而是虚掩着，锁被撬开了。很明显，老头从那里进进出出。我打开门，面前是一个门廊，一边是通往院子的大门，另一边是一部楼梯，卡塞尔塔曾经住在那部楼梯通向的顶楼。在这些楼梯上，菲利波舅舅和我父亲曾追赶着他，扬言要杀他。他先是尝试自卫，后来彻底放弃抵抗。

我从楼梯底部抬头向上看，感到脖子后面一阵疼痛。我的目光很年老，像积累了几十年的记忆，让我看到比眼下更多的东西。那个故事断裂成无数不连贯的图像，很难在这些石头和钢铁上拼接。但暴力正在发生，它紧紧抓住楼梯栏杆，死死盘踞在这里——这里，而不是那里——咆哮了四十多年。卡塞尔塔放弃了自卫，不是因为没有力气、认罪或胆怯了，而是因为菲利波舅舅在四楼抓住了安东尼奥。看！他正抓着安东尼奥的脚踝，用一种带着仇恨的方言，用我母亲的语言破口大骂。我舅舅当时很年轻，两只手都在，他威胁说，只要卡塞尔塔敢动一下，他就会把孩子扔下去。我父亲的任务变得很简单。

我打开门，回到地下室。我用手电筒寻找通向下一层地下室的小门。我记得，它是一道上面喷着漆的铁门，也许是褐色的。我发现了一道木门，不到五十厘米高，与其说是一道门，不如说是一扇窗户。门虚掩着，上面有个带眼的锁架，门框上也有一个锁架，上面挂着一把打开的锁。

我看到这道门，不得不马上承认，我的记忆说了谎。卡塞尔塔和阿玛利娅从这里出来进去，他们挺着胸脯，满面春风，有时手拉手，有时挽着手臂，她穿着套装，而他穿着驼色大衣，那绝对是记忆的谎言。因为甚至是我和安东尼奥，当时经过那里也不得不弯下腰。童年是个谎言的工厂，有些谎言会无限持续下去，至少我的童年是这样的。我这时听到街上那些孩子的声音，我觉得他们和我以前没什么不同，他们用同样的方言叫喊。每个小孩都会有自己的世界，臆想的世界。他们在破败的人行道上度过晚上的时光，在一个穿着背心的男人的守护下。他们骑着小自行车，骑得飞快，时不时发出刺耳的欢呼声。他们相互辱骂，都是和性事相关的脏话。在那些呼喊和叫骂声中，拿着铁棍的人的声音偶尔会插入，会说出更血腥的脏话。

我发出了一声轻微的喘息，我听到自己当时对安东尼奥说的话，和我现在听到的脏话没什么不同。在那扇小门的后面，他也在向我重复着那些话。在说那些话时，我当时是在撒谎，我在假装不是我自己。除非是扮演阿玛利娅，我不想成为"我"，我做了想象中阿玛利娅会悄悄做的事。这是我强加给她的，我不知道她做了什么，因为我没有见证她经过的路线，我把我从家里到老卡塞尔塔的"殖民地"商店的路线安在了她身上。她会离开家，转过街角，推开玻璃门，品尝一下蛋黄酱，等待她的玩伴。我是我，也是她，"我"要与卡塞尔塔见面。事实上，当安东尼奥打开对着院子的门时，我看到的并不是安东尼奥的脸，而是他父亲的脸——一个成年男子的脸。

我爱卡塞尔塔，就像在我想象中，我母亲爱他那样强烈。我恨他，因为我对那段秘密爱情的幻想是如此生动具体，以至于我觉得，我永远不可能以同样的方式被爱：不是被他爱，而是被我母亲——阿玛利娅爱。卡塞尔塔夺走了属于我的爱。当我在画着风景画的柜台前转悠时，我像她一样移动身体，用她的声音自言自语，眨眼，大笑——就是我父亲最讨厌的那种笑。然后我踩上那级台阶，用很妖娆的动作进入糕点店。安东尼奥的祖父从裱花袋挤出波浪形的奶油，用深邃的眼睛看着我，他眼里是烤炉的影子。

我拉开那道门，用手电筒的光束照射进去。我蹲了下来，膝盖顶着胸口，偏着头。我蜷缩着身体，下了三级湿滑的台阶。沿着这条道路，在下去的过程中，我决定告诉自己，那些谎言之下真实发生的事情。

有一天，我发现糕点店空了，那扇小门开着。我肯定自己当时在扮演阿玛利娅。我是阿玛利娅，像我父亲画的吉卜赛女人，赤身裸体。那几个星期，围绕着她的侮辱、评判、威胁一直在持续。她和卡塞尔塔一起，爬进了黑暗的地下室。在我的记忆中，我觉得自己带着她的思想，自由而快乐，从缝纫机、手套、针线、我父亲、他的画布、那张淡黄色纸张上的红色裸体速写上逃脱出来。我和她一样，但我无法彻底成为她，我感到痛苦，我的身份不完整。我只在游戏中，才能成为“我”，我知道这一点。

我蜷缩着身子，下到了门里那三级台阶的最下面。卡塞尔塔侧身看着我说：“来。”我想象着他的声音，他除了说“来”，也说了“阿玛利娅”。他用一根上面沾满奶油的枯瘦手指，沿着我的腿轻轻向上抚摸，伸到了我母亲为我缝的小裙子下面，这种接触让我充满快感。我意识到，那人在抚摸我时，他用沙哑的声音嘀咕的话，和我脑海中回荡的那些污言秽语一样。我记住了这些话，我感觉他是用一条长长的红色舌头说的，这条舌头不是从他嘴里出来的，而是从他的裤子里出来的。我喘不过气来，我感到愉快，也感到恐惧。我试图控制这两种感觉，但我愤恨地发现，游戏进行得并不顺利，阿玛利娅感受到了所有快乐，我只剩下了恐惧。这种事情越是发生，我就越恼火，因为在她的快乐中，我不能成为“我”，我只有恐惧地颤抖。

除此之外，卡塞尔塔的样子也不太让人信服，有时他能扮演卡塞尔塔，有时失去了他的特征，这使我越来越警惕。这就像我和安东尼奥在一起：在我们的游戏中，我坚定地扮演阿玛利娅，他费力地扮演他父亲，也许是因为想象力的匮乏。我当时恨死他了。在地下室下面，我一感觉他是安东尼奥，而不是卡塞尔塔，我就又会变回傻乎乎的黛莉亚，用一只手摸着他的性器。与此同时，阿玛利娅不知在哪里，扮演着真正的阿玛利娅，她把我排除在她的游戏之外，就像有时院子里的女孩排挤我一样。

所以在某一时刻，我不得不承认，在地下室三级台阶下说“来”的人是“殖民地”商店的人，是做冰淇淋和糕点的老师傅，他是安东尼奥的祖父——卡塞尔塔的父亲。但一定不是卡塞尔塔，他肯定在其他地方，和我母亲在一起。那时我推开他，哭着跑开了。我跑到我父亲、画架、卧室所在的地方，用院子里的粗俗方言告诉他，那个人对我做的事、说的淫秽话。我哭了。我清楚记得那张老人的脸，皮肤变红，因为恐惧而变形。

卡塞尔塔，我对我父亲说，我告诉他，在甜食店的地下室里，在阿玛利娅同意的情况下，卡塞尔塔对她做的事、说的话。那实际上可能是安东尼奥的祖父对我说过、对我做过的事。我父亲停止了画画，等待我母亲回家。

我讲出这些事，是为了把失去的时间和空间笼络起来。坐在最后一级台阶上，我相信这正是那时的台阶。我一句一句，轻声重复着四十年前，卡塞尔塔的父亲对我说过的那些淫秽话，他说这些话时，很激动。我意识到，从本质上讲，这些话就是我母亲在淹死之前，在电话里对我嬉笑着说的话，这些迷失或找回自己的话语。也许她想告诉我，因为四十年前我所做的事，她痛恨我；也许她想通过那种方式，让我明白她和谁在一起；也许她想告诉我照顾好自己，提防老年病狂的卡塞尔塔；或者她只是想告诉我，即使是这些话，也可以说出来，与我一生的信念相反，它们可能不会伤害到我。

我紧紧抓住最后一个假设。我蜷缩在那里，在折磨人心的幻想中，在那个门槛上，等着见到卡塞尔塔，我会告诉他，我不会伤害他，我对他和我母亲之间的事不感兴趣。我只想大声承认，从那时起，我不再恨他，也许也不恨我父亲，我只恨阿玛利娅，我想伤害我的人是她。因为她把我一个人留在这个世界上，让我独自玩味这些谎言：没有原则，没有真理。

25

卡塞尔塔并没露面，地下室只有空纸箱、旧汽水啤酒瓶。我从那里爬了出来，满身灰尘，因沾到蜘蛛网而感到不适。我回到小床前，在地上看到那条沾了血迹的内裤，我用脚尖把它踢到了床下。我发现，在那个地方找到那条内裤，这让我很厌烦，比我想象卡塞尔塔用它做的事更让我厌恶，因为那地方就像我失落的一部分。

我来到了墙壁前，那里挂着阿玛利娅的蓝色套装。我取下衣架，把衣服轻轻摊开，放在床上。我拿起外套，衣服里衬已经开线了，口袋是空的。我把它放在我的身体上，就像想看看它是否合身。最后我下定了决心，我把手电筒放在小床上，脱下身上的裙子，放在地上，我不紧不慢、仔仔细细地穿上我母亲的衣服。我用卡塞尔塔把胸罩固定在衬衣上的别针，别在裙子的腰上，它太松了。外套也太宽大了，但我还是心满意足地穿上了。我觉得那件旧衣服是母亲留给我的遗言，通过一些必要的调整，现在它很适合我。

这个故事，可能比我自己讲的更有说服力，也可能更站不住脚。只需要从中抽出一条线，以一种简单、线性的方式讲下去。例如，阿玛利娅和她的老情人一起出发，度过了最后一个秘密假期，他们大声嬉笑，尽情吃喝。她在沙滩上脱了衣服，穿上了她打算送给我的衣服，试穿了一件又一件。一个年老的女人假装年轻，为了取悦一个年老的男人。她决定裸泳，但她已经喝醉了，距离岸边太远了，最后淹死了。卡塞尔塔吓坏了，拿起所有东西逃走了。或者，她沿着海岸线裸奔，而他在追赶，两人都气喘吁吁，都很害怕。她发现了他的欲望，而他发现了她的排斥和厌恶。阿玛利娅以为，跳入水中就可以逃离他。

是的，只需要抽出一条线索，就可以用我母亲的神秘形象，继续做这些游戏。有时是丰富她，有时是羞辱她，但我意识到，不再有这个必要。我在手电筒的光线中移动身体，就像在模仿她的动作。关掉手电筒后，我朝着卷帘门的三角形洞口弯下腰，那里照进来一道泛蓝的光。我把头伸到了外面，路灯亮着，但天还很亮。那些孩子不再奔跑叫喊了，他们围着一个弯着腰的男人。他们的脸在一个高度，那个男人双手放在膝盖上。那是卡塞尔塔，他一头浓密的白发，表情很亲切。几个孩子都站在他周围，大大小小的孩子，鞋子都浸在一个发光的水坑里，已经开始拆开他刚分发的糖果。

我看着那个身体干瘦、胡子刮得干干净净、穿戴整齐的老人，他的脸色苍白而不安。我觉得没有任何必要与他交谈，让他知道更多事了。我决定顺着人行道，拐过街角处溜走，但他转身看到了我，满脸惊讶，因为他发现自己没注意到背后发生了什么。穿背心的人小心翼翼地把铁棒靠在墙上，刚刚扔掉了雪茄，正向卡塞尔塔走来，目光直视前方。他身子笔直，一双短腿迈着安静的步伐。几个孩子向后退了一步，退出了水坑。卡塞尔塔仍然独自待在泛着紫色的水坑里，他张着嘴，用平静的眼神盯着我。他的反应让我平静下来，我开始正常呼吸。我重新回到了四十年前的“殖民地”店铺，我小心翼翼，避免撞到画有棕榈树和骆驼的柜台。我踩上木头台阶，穿过糕点店，熟练地躲过烤箱、机器、架子、托盘，我从通往院子的门出去。一出门，我尽量迈着成年人的步伐，不紧不慢地向前走。

26

铁路边上，燃气在炼油厂尖顶上燃烧。已经是夜里了，我乘坐的是一辆慢得令人痛苦的直达火车。包厢黑黢黢的，里面的旅客都睡着了。我找了半天，终于找到了一个亮着灯的包厢。我希望如果不是整列火车都亮着灯，至少我的座位应该是亮的。我找到的那个位子，周围都是二十多岁的年轻人，他们都是新兵，刚结束短期休假，在回营地的路上。他们说着一种我几乎无法理解的方言，每句话都表现出可怕的攻击性。他们错过了那趟可以准时送他们回军营的火车，知道自己会受到罚，所以很害怕，但他们并不想承认。他们在叫喊和奸笑声中策划各种方案，让可能会惩罚他们的军官遭受各种性羞辱。他们打算在一个不确定的未来实施这些方案，在等待的同时，他们绘声绘色地描述着那些情景。他们其实是在对我讲这些话，他们斜着眼打量着我，声称他们不害怕任何人。每一次，他们都用越来越肆无忌惮的眼神看我。其中一个人开始和我说话，并把他喝过的啤酒罐递给我，我接过来喝了一口。其他人不由自主地哄笑起来，他们的身体靠在一起，因压抑的笑声而抽搐，他们用力互相推搡着，满脸通红。

我在明图尔诺站下了车，他们继续前行。我沿着空荡荡的街道，步行到阿皮亚镇，周围是看起来很俗气、空荡荡的小别墅。我找到很久之前我们度假的房子时，天还很黑。那是一座两层楼的建筑，斜屋顶，门关着，默默竖立在暮霭中，四处都是露水。天亮了一点儿，我沿着一条铺着沙子的小路出发了。路边有几只甲虫和蜥蜴，一动不动地趴着，等待着第一缕温暖的阳光。路两边长着芦苇，以前，我就是用那些芦苇为我和两个妹妹制作风筝骨架的。芦苇叶子触碰到我，弄湿了我身上的套装。

我脱下鞋子，将疼痛的双脚踩在沙滩上，沙子很薄，很冷，也很肮脏，里面有各种各样的垃圾。我在海岸边的树干上坐下来，等待着清晨的阳光照在我身上，温暖我，我的身体紧贴着扎根于沙滩的树干残骸。在阳光的照射下，海面平静而蔚蓝，但阳光还很难抵达岸边，沙滩上是一片灰色的阴影。雾气即将消失，但仍然掩盖着眼前的灌木丛、山丘、山脉。母亲去世后，我来过这地方一次，那次我既没有看到大海，也没有看到海滩。我只看到了一些细节：一个白色的贝壳，上面的条纹很精致；一只肚子对着太阳的螃蟹；一个绿色的洗涤剂塑料容器；还有我坐着的树干。我想知道母亲为什么决定死在那个地方，但我永远也不会知道答案。我是故事的唯一见证者、讲述者，我不能也不愿意在自己之外寻找事情的真相。

太阳照在我身上时，我想到了阿玛利娅年轻时，对刚刚出现的比基尼充满了好奇。她说："这三点式，用一只手就可以攥住。"而她穿着自己缝制的绿色泳衣，一直盖到胸口那里，很结实，适合掩盖身材，多年来她一直都穿着那件泳衣。为了谨慎起见，她经常检查身上的泳衣，以确保它没有跑到大腿或臀部上面。星期天，她会裹着浴巾躺在阳伞下的躺椅上，在我父亲身边，表面上是她自己的意愿，好像她很冷，但其实她并不冷。每逢节假日，成群结队的鬈发男孩就会从内陆来到海滩。他们穿着不得体的泳装，脸、脖子、手臂都被太阳晒伤了，除此之外他们的皮肤都很白。他们大声喧哗，嘈杂不休，在沙滩上或水中嬉戏，有时是真正的打斗。我父亲通常在岸上，吃着从沙子里挖出来的樱蛤，看到这些男孩，他的心情和态度都变了。他要求阿玛利娅一直待在太阳伞下，他窥视着她，看她是否会偷看那些男孩。那些男孩在表演打斗时，浑身沾满沙子，在离我们阳伞很近的地方大笑。父亲这时会马上走到我们跟前，强迫我们四个人都待在他身边。同时他用凶狠的眼神向那些年轻人宣战，我们像往常一样，感到非常害怕。

可是关于那些假期，我印象最深的是露天电影院，我们经常去那里看电影。为了保护我们不受别人的骚扰，父亲会让最小的妹妹坐在一排的第一个座位上，也就是面对中间过道的座位，让第二个妹妹坐在旁边，然后依次是我、母亲，最后是他。阿玛利娅的表情很复杂，介于戏谑和钦佩之间。而我则把这种座位安排理解为一种危险的信号，我会觉得越来越不安。当父亲坐在他的位置上、用手臂搂着妻子的肩膀时，在我看来，这个姿态就像一道最后防御，危险很快从暗中浮现。

电影开始了，但我感觉父亲并不平静。他看电影时，也会很焦虑，如果碰巧阿玛利娅转过身看后面，他也马上会去看后面。每隔一段时间，他就会问："怎么了？"阿玛利娅让他放心，但我父亲并不相信她。我对他的焦虑感到着迷，我想，如果我身上发生了什么事情——哪怕最可怕的事，我不知道会是什么——我一定不会告诉他。不知道为什么，我推断阿玛利娅也会是这种态度。但这种意识使我更害怕了，因为如果我父亲发现她隐瞒了某个陌生人的企图，他就会马上得到证据，证明阿玛利娅有其他无数的阴谋。

我已经有了类似的证据。在没有父亲陪伴的情况下，我们去看电影时，母亲不会遵守他强加的规则，她经常会左顾右盼，在不该笑的时候笑，和陌生人说话，例如和卖糖果的人聊天。当灯光熄灭、星空出现时，说话的那个人会坐在她旁边。因此，当我父亲在身边时，我无法跟上电影的情节，我也会偷偷地在黑暗中监视她，想事先发现她的秘密，防止父亲发现她的不轨行为。在香烟的烟雾和放映机闪烁的光线之间，我带着惊恐，幻想着那些男人青蛙般的身体，在一排排座位下灵活地跳跃，伸出的不是爪子，而是手和满是黏液的舌头。虽然天气炎热，我也会出一身冷汗。

但是，当丈夫在那里时，阿玛利娅既好奇又忐忑，偷偷往旁边看了一眼后，会把头靠在我父亲的肩膀上，看起来很幸福。那两个动作把我撕裂了，我不知道如何跟上逃离的母亲，是沿着那道目光的方向，还是对着她丈夫肩膀上的曲线，那是她的头发绘制的图案。我坐在她身边，浑身发抖，夏天夜空中密密麻麻的星星，让我觉得那是我在迷失中看到的光亮。我那么坚决，想变得与她不同，以至于我失去了一个个像她的理由。

阳光温暖着我的身体，我把手伸进包里，从里面拿出我的身份证。我盯着那张照片看了很久，想认出阿玛利娅的样子，那是我最近拍摄的，是为更换过期的证件专门照的。太阳晒着我的脖子，我用水彩笔，在我的五官轮廓上画了母亲的发型。我拉长了我的短发，从耳朵那里开始画，在额头上画了两股浓密的头发，像一道黑漆漆的波浪一样，扬起又落下。我在右眼上勾勒出一缕调皮的鬈发，很难让它保持在发际线和眉毛之间。我看了看自己，微笑了一下。这种老式的发型在四十年代比较流行，而在五十年代末已经很少见了，它增添了我的魅力。其实，阿玛利娅一直在那里，我就是阿玛利娅。

关于作者

埃莱娜·费兰特著有小说《烦人的爱》，意大利导演马里奥·马尔托内（Mario Martone）根据这部小说拍了一部同名电影。她的第二部小说是《被遗弃的日子》，由导演罗伯特·法恩扎（Roberto Faenza）拍成电影。在访谈书信集《碎片》中，她讲述了自己的写作生涯。2006年，E/O出版社出版了她的小说《暗处的女儿》，2007年出版了儿童读物《夜晚的海滩》，2011年出版了《我的天才女友》，2012年出版了“那不勒斯四部曲”第二部《新名字的故事》，2013年出版了第三部《离开的，留下的》，2014年出版了第四部《失踪的孩子》。